Prinz Eisenherz

DIE GROSSE JAGD
DER SKLAVENAUFSTAND

Von Harold R. Foster

in der neuen Bearbeitung von
Christiane de Troye und Eberhard Urban

Edition Aktuell

CIP-Kurztitelaufnahme der Deutschen Bibliothek

Foster, Harold:
Prinz Eisenherz von Harald Foster,
Menden/Sauerland: Edition Aktuell
Einheitssacht.: Prince Valiant
Teilw. verf. von Harold Foster u. Max Trell
NE: Trell, Max;
Bd. 10. Die große Jagd.
Der Sklavenaufstand.
In der neuen Bearb. von Christiane de Troye
und Eberhard Urban. — 1988.
ISBN 3-924456-10-0
NE: Troye, Christiane de (Bearb.)

Einbandgestaltung Werbestudio Werner Ahrens

Satz und Film: Alois Knab
Druck und Einband: Ueberreuter Buchbinderei
& Buchproduktion Ges. m. b. H.,
2100 Korneuburg
Printed in Austria

Die große Jagd

Als launiges und lustiges Spiel hatte es begonnen. Prinz Eisenherz war zusammen mit dem jungen Edelmann Sir Reynolde auf dem Wege nach Camelot gewesen. Beim Angeln war er in einen Fluß gestürzt, von einer reisenden Gauklergruppe aufgefischt worden. Die übermütigen Gaukler und schelmischen Schauspieler führten ein freies und ungezwungenes Leben. Davon hatte sich Prinz Eisenherz verführen lassen. In Reynoldes Kleider geschlüpft, spielte er nun einen Gaukler und Sänger. Reynolde, in Prinz Eisenherz' Gewand und Rüstung, spielte den Ritter mit dem Singenden Schwert. Und Foulk, der Anführer der Schauspieler, gab sich nun als ruhmreichen Ritter aus.

Auf Schloß Glenhaven waren die echten Schauspieler und falschen Ritter jetzt eingetroffen. Reynolde, der falsche Eisenherz, und Foulk, der Heldenspieler, verliebten sich in die junge liebreizende Lady Ann.

Der Gaukler, der früher Prinz Eisenherz gewesen war, beobachtete das Spiel, in das sich Liebe und Eifersucht mischten, mit Sorge.

Foulk war an der Tafel der Mittelpunkt der Aufmerksamkeit. Als Schauspieler war er weit durch die Lande gereist und hatte viel gesehen und gehört. So erzählte er von seinen Abenteuern mit Lancelot, Gawain und Tristan.

In ihren sechzehn Lebensjahren hatte Lady Ann noch nie so viele galante Helden gesehen wie bei diesem Turnier auf Schloß Glenhaven. Und sie fühlte sich geschmeichelt, daß solch ein charmanter Ritter wie Sir Foulk ihre Gesellschaft suchte.

Reynolde litt unsäglich, als er mit ansehen mußte, wie der geschickte Foulk die Bewunderung des Mädchens gewann, die er doch liebte. Wie sollte er Ann warnen? Er, der sich für Prinz Eisenherz ausgab, konnte nicht Foulk als Hochstapler entlarven.

Ein fahrender Sänger ist frei, hinzugehen, wohin er will — wenn er nur die Gäste unterhält. So konnte der richtige Prinz Eisenherz seine Kumpane und Gefährten im Auge behalten, als sich die Komödie langsam in eine Tragödie verwandelte. Es war so lustig gewesen, die Kleider zu tauschen, den Namen von Prinz Eisenherz zu gebrauchen und die Bewunderung zu genießen, die diesem Namen gebürte. Jetzt war Reynolde in Lady Ann verliebt. Die Maskerade war zur Bürde geworden.

Foulk, zweifellos ein guter Schauspieler, machte Lady Ann den Hof. Er fühlte sich sicher, Prinz Eisenherz hatte versprochen, das Geheimnis zu wahren.

„Wann ist dieses Maskenspiel zu Ende?“ wehklagte Reynolde, „es ist schon lange kein Spaß mehr. Wenn ich aber den Schwindel aufdecke, wird mich Lady Ann verachten und verschmähen.“ Prinz Eisenherz lächelte: „Spiel deine Rolle bis zum Ende.“

„Ann, Ann! Gib dieses langweilige Hofleben auf. Komm mit mir und lerne die Welt kennen. Sei glücklich und frei unter sonnigem Himmel. Schlafe des Nachts unterm Sternenzelt. Ich weiß was! Schließen wir uns der Gesellschaft der fahrenden Spieler und Sänger an!“

Foulk schwärmte, und wer will wissen, ob seine Begeisterung ihn nicht selbst überzeugte. Mit großer theatralischer Gebärde wies er in den Himmel, wo die Sonne des Ruhms gnädig auf ihn herabstrahlte. Mit der anderen Hand zog er Ann an sich. Dann hub er zu sprechen an: „Wie aufregend, welche Überraschung für alle, wenn der Welt beste Künstler sich eines Tages als die reiche Lady Ann und der edle Sir Foulk offenbaren!“

Spät am Abend schlich Foulk heimlich und verstohlen zu den Stallungen, wo die Truppe der Sänger, Gaukler und Schauspieler untergebracht war. Wieder lieferte er ein Stück seiner Kunst, die anderen Schauspieler waren sein gebanntes Publikum, der Stall das Theater, der Lehmboden die Bretter, die die Welt bedeuten.

„Erfolg!“ verkündete Foulk in Siegerpose. „Ein liebliches Mädchen vornehmer Herkunft habe ich gefunden. Sie brennt darauf, sich unserer Truppe anzuschließen. Unter meiner Anleitung wird sie die vorzügliche Schauspielerin werden, die mein Theaterstück braucht. Unser Glück ist gemacht! Macht euch fertig, wir brechen um Mitternacht auf!“ — Prinz Eisenherz hatte jedoch beobachtet, wie Foulk ins Dunkel der Nacht glitt.

So hatte also dieser Scharlatan Foulk, dieser Schmierenkomödiant, die unschuldige Lady Ann in seinen Bann geschlagen, daß sie mit ihm durchbrennen wollte. Ihre romantischen Träumereien würden bald in der Hitze des Sonnenlichts verdorren, auf schlammigen Straßen zerrinnen.

„Reynolde, heute nacht will sich Foulk davonstehlen", Eisenherz lächelte, „außerdem hat er Ann den Jungmädchenkopf verdreht mit Geschichten über ein freies Leben unter der Sonne des Ruhms. Hast du ein Hochzeitsgeschenk für Foulk?" „Ja. Das!" antwortete voll Grimm Reynolde. Und gürtete sein Schwert.

Zur gleichen Zeit erteilte Foulk Lady Ann einen Rat: „Nimm all deine Gewänder und deinen Schmuck mit, pack auch einige Juwelen deiner Mutter ein, wenn du sie greifen kannst. Du mußt eine strahlende Erscheinung sein, wenn wir die königlichen Paläste betreten."

Als sie den von Mondlicht überfluteten Schloßhof durchquerten, hatte Ann einen Augenblick lang Zweifel. Ihr Verehrer erlaubte ihr, die Kleiderbündel zu schleppen, während er den Schmuckkasten trug. Jenseits des Schloßtores wartete Foulkes Truppe. „Laßt uns schnell aufbrechen!“ befahl er, deutete auf Eisenherz, „du, nimm deine Sachen von diesem Pferd! Lady Ann braucht ein Pferd.“ „Wie Ihr wollt“, sprach Eisenherz. Das Mondlicht glitzerte in den Juwelen des Singenden Schwertes.

„Prinz Eisenherz!“ rief Foulk überrascht. „Nein!“ sagte Reynolde. „Die Maskerade ist zu Ende. Ich bin Reynolde, Sohn des Sir Hugo von Dinmore. Mein Schwert, noch nie in einer Schlacht erprobt, muß heute seine Probe bestehen.“ Foulk, stets ein Schauspieler, mußte diesen Moment noch dramatisieren. Er zog sein Schwert, deklamierte laut: „Kein Leid wird Lady Ann widerfahren, so lange ich lebe! Ihre Ehre verteidige ich gegen alle Teufel der Hölle!“ „Dann wollt Ihr nicht nur mit mir die Klinge kreuzen?“ fragte Reynolde. Foulk, ein guter Schauspieler, wahrte seiner heroischen Pose. Nur in seinen Augen blitzte die kalte Angst, die er fühlte.

Die scharfe Klinge in Reynoldes Hand machte Foulk den Unterschied zwischen Schauspiel und Wirklichkeit bewußt. Er wankte zurück. Als er keinen Schritt mehr zurück oder zur Seite weichen konnte, kreischte er auf, schlug in schierer Panik um sich. Reynolde konnte sich kaum wehren gegen diese Raserei, brachte dem Wüterich schließlich eine kleine Wunde bei. Angesichts seines eigenen Blutes brach Foulk zusammen. „Verschont mich, ich bin verletzt. Nicht länger mehr vermag ich zu kämpfen. Ich bin geschlagen, verschont mich!“ Lady Ann stand steif und stolz da, gönnte dem Feigling keinen Blick. Dieser Feigling, von dem sie geglaubt hatte, sie liebte ihn.

„Lady Ann, darf ich Sie begleiten? Ich habe Ihnen soviel zu erklären.“ „Nein! Ich habe schon meinen großen Anteil an Demütigung erlitten. Ich bin schon getäuscht worden von der Glattzüngigkeit eines feigen Scharlatans, der einen edlen Helden spielte. Und du ... eine Krähe im Federkleid eines Adlers. Sogar Prinz Eisenherz trägt das Kostüm eines Gauklers. Ist denn kein Anstand mehr in dieser Welt?“

Diesmal war der Auszug der wandernden Sänger und Spieler von keinem Scherz und keinem Lied begleitet, als die Truppe ihrem schnell verschwindenden Anführer folgte.

„Ann! Ann! Verurteilt mich nicht so hart. Wir spielten nur ein amüsantes Spiel — bis ein unglücklicher Zufall zu einem schreckensvollen Ende führte. Bitte, gebt mir Zeit, es zu erklären.“ „Niemals will ich dich wiedersehen. Niemals! Wenn du hundertmal zurück kommen solltest, ich werde mich nicht mit dir unterhalten ... Du ... du Schaf in einem Wolfspelz!“

Prinz Eisenherz tröstete den verschmähten Reynolde: „Komm, es ist spät, laß uns erst etwas schlafen. Morgen früh müssen wir unseren Gastgebern gegenübertreten, Abbitte leisten für Betrug und Täuschung. Hoffentlich haben wir genug Witz, ihre Kränkung in Gelächter zu verwandeln.“

Liebe ist eine wundersame Sache, wie die Poeten sagen. Liebe bringt Verzückung und Pein, Hoffnung und Verzweiflung. Und eine große Portion Selbstmitleid. Einfacher, gesunder Menschenverstand gehört nicht zu den Bestandteilen der Liebe. Nach einer schlaflosen Nacht begab sich Reynolde auf die Suche nach Ann.

Auch Lady Ann hatte eine schlaflose Nacht verbracht. Sie war schnippisch gestimmt. Kalt blickte sie Reynolde an, der errötete, stotterte, schließlich herausplatzte: „Ann, ich liebe dich!" Keine Antwort erhielt er, stürmte davon, rannte zum Turnierplatz. Und wurde von dem ersten richtigen Ritter zu Boden geworfen.

Seit sie es aufgegeben hatte, mit Puppen zu spielen, hatte Ann noch nie jemanden gesehen, der so dringend weiblicher Fürsorge bedurfte — wie dieser unglückliche Jüngling. „Bist du verletzt?" fragte sie ängstlich. „Natürlich bin ich verletzt!" Reynolde höhnte: „Meinst du, es war ein Daunenkissen, mit dem er mich geschlagen hat?"

„Oh, das tut mir leid. Du mußt besser auf dich aufpassen", riet ihm Ann, und sie bemerkte, welch hübsche Augen er hatte. „Du sprichst wie eine Mutter zu ihrem kleinen Kind", quengelte er, „und das finde ich unziemlich von jemandem, der selbst noch ein Kind." „Ich werde eher erwachsen sein, als du aus Camelot zurückgekehrt sein wirst — mit goldenen Sporen, die du dir verdienen wirst", antwortete sie artig. Reynolde war so verwirrt, daß es einen langen Augenblick dauerte, bis er begriff, daß sie ihn eingeladen hatte, zu ihr zurückzukehren. „Ann! Ann!" schrie er, aber es war zu spät, sie war gegangen.

Das Turnier war auf Schloß Glenhaven zu Ende, die Gäste versammelten sich zum Abschied in der großen Halle. Und da nun kein Zweifel war, wer der richtige Prinz Eisenherz war, warteten alle auf eine Entschuldigung.

Der Gastgeber fühlte sich betrogen, hintergangen, reingelegt. Er ärgerte sich und war zornig. Reynolde war bang zu Mute, ob er jemals wieder hierher eingeladen werden würde? Prinz Eisenherz, der nicht nur ein guter Schauspieler und ein guter Sänger war, fing an zu erzählen. Er berichtete dem Schloßherrn und den anderen Gästen, wie er ins Wasser und unter die Gaukler gefallen war. (Wir kennen diese Geschichte aus dem vorigen Band unserer Serie, erzählt in der Episode „Verrat und Maskeraden") Eisenherz schilderte die Possen und Faxen auf ihrer Reise, die fröhlichen Tumulte und Späße in den Küchen. Er sang einige der gepfefferten Lieder, die er gelernt hatte. So verwandelte er die Mißbilligung in Lächeln, und als er einige Witze zum besten gab, erntete er dröhnendes Gelächter. Sein und Reynoldes Maskenspiel war vergeben.

„Nun, Reynolde, es scheint, wenn du zurückkommen wirst, wird das Tor dir geöffnet werden." Reynolde drehte sich um, sah ein flatterndes Tuch auf den Zinnen. „Ja", frohlockte er, „ich komme wieder!"

Reynoldes Herz flatterte heftiger als das Tuch auf den Zinnen. „Camelot, hier komme ich!“ rief er aus, „große Taten zu vollbringen, viele Ehren zu gewinnen, ihr zu Füßen zu legen, wenn ich um die Hand von Lady Ann anhalte.“

„Wir nähern uns Camelot“, sagte Eisenherz, „leg die Rüstung an, gürte dein Schwert. Auf diesem Weg kann jedes Abenteuer sich ereignen.“

Nach einer Weile: „Dein erstes Abenteuer kommt auf dich zu. Dieser Ritter, der an der Wegkreuzung Wache hält, fordert, wie es Brauch ist, zu einem Turnier heraus. Einer von den vielen auf den Wegen nach Camelot, die Ehre oder leichte Beute suchen. Eine Gelegenheit für dich, Reynolde, deine Fähigkeiten zu beweisen. Du hast die Ehre.“

Der fahrende Ritter kam näher. „Übergebt mir Euer Pferd und Eure Waffen", forderte er grimmig, „oder kämpft mit mir um das Recht, den Weg passieren zu dürfen." Prinz Eisenherz beobachtete seinen jungen Freund mit kritischen Augen. Geschickt wußte er mir seinem Pferd umzugehen, aber Schild und Lanze handhabte er wie ein Ziegenhirt ... und so war er auch bald ohne Pferd. „Ich habe Anspruch auf Pferd und Waffen als Siegespreis!" „Nicht so schnell, Sir Ritter", tadelte Eisenherz, „auch ich habe Streitroß und Waffen, sie in einem ehrlichen Kampf einzusetzen." Finster funkelte der Ritter Eisenherz an. Dann erkannte er das blutrote Zeichen des Hengstes. Die Kampfesfreude verlöschte, er wünschte sich weit weg.

Das Ergebnis war so fürchterlich, wie der Ritter es erwartet hatte. Zum Glück verzichtete der Sieger auf den Preis. Prinz Eisenherz wandte sich dem immer noch verwirrten und benommenen Reynolde zu: „Bei den beiden Gesichtern des Janus, wie kann einer nur so ausgezeichnet reiten und gleichzeitig so tölpelhaft kämpfen?“ „Mein ganzes Leben habe ich Pferde gezüchtet und die Buchhaltung für meines Vaters Besitzungen geführt. So blieb mir wenig Zeit für die Übungen des Kriegshandwerks. Aber jetzt wird sich alles ändern. Auf Camelot werde ich lernen und üben. Und ich werde ein Ritter sein, wert und würdig, um Lady Anns Hand anzuhalten.“

Camelot! Das weithin leuchtende Camelot. Seine himmelragenden Türme entzündeten die jugendlichen Träumereien Reynoldes. Prinz Eisenherz schwieg, er wußte, was die Zukunft diesem edlen Jüngling bringen konnte.

Camelot! Prinz Eisenherz wurde umringt von Freunden, viele von ihnen trugen Namen, die wir heute noch aus Sage und Geschichte kennen. Reynolde wanderte umher, mit großen staunenden Augen erblickte er die Pracht und Wunder Camelots.

Prinz Eisenherz begab sich auf die Suche nach dem König. Er fand Arthur im Übungshof, wo er seine Kampfkraft und Geschicklichkeit trainierte. Eisenherz erstattete Bericht: ein kleines Königreich war vor einem verderblichen Bürgerkrieg bewahrt, ein verlorener Königssohn wiedergefunden, ein König gekrönt, ein Treueeid auf König Arthur geleistet worden. Nun, da er seine Pflicht erfüllt hatte, war Prinz Eisenherz frei für wichtigere Angelegenheiten. Als er mit seiner Familie wieder nach Camelot gekommen war, im Schloß gewohnt hatte, hatten sich die Zwillinge Karen und Valeta als kleine Kobolde erwiesen, die dauernd Schwierigkeiten hatten oder anderen bereiteten — oder sie waren liebliche Engelchen, die verwöhnt und verdorben wurden. Eisenherz hatte also ein Haus mit Garten gekauft. Jetzt hatte er die Tür erreicht, atemlos.

Aleta schien noch schöner und lieblicher geworden, die Kinder wuchsen heran, hübsch und gesund. Eine solche Zufriedenheit erlangte selten ein Mann seiner Berufung. So ließ es sich Prinz Eisenherz in Geborgenheit und Glückseligkeit wohl ergehen — und vergaß den armen Reynolde.

Der hatte den Weg in die Kanzlei von Sir Baldwin gefunden. Dem Hofbeamten, der für die Schildknappen zuständig war, legte der Jüngling dar, daß er sich bewerbe um einen Platz an der Tafelrunde. Sir Baldwin erklärte: „Zuerst mußt du deine Fähigkeiten als Novize oder Lehrling unter Beweis stellen, dann mußt du dich als Knappe oder Geselle als kampftüchtig im Gefecht erweisen. Überlebende aus diesen Prüfungen werden zu einfachen Rittern ernannt. Die nächste Stufe ist die der kriegserfahrenen Ritter, gestählt in den Schlachten. Und nur die, die sich besondere Verdienste um das Königreich erworben haben, können in die Tafelrunde gewählt werden." „Ein langer Weg vor mir", sinnierte Reynolde, als er zum Exerzierplatz ging. Ein Knabe, vier Jahre jünger, fragte ihn fröhlich: „Hast du Lust auf eine Übungsrunde?"

Reynoldes Stolz war verletzt, als er von einem Jüngeren herausgefordert wurde. Noch mehr kränkte es ihn, daß dieser Knabe schwerer zu fassen war als eine Distel, auf ihn losstürzte wie ein Falke. So wie Reynoldes Wut wuchs, so nahmen seine blauen Flecken zu.

„Meine Höflichkeit ist mangelhaft", erklärte Eisenherz, erhob sich, „ich habe den netten Burschen vernachlässigt, der mit mir hierher kam. Ich hole ihn." Eisenherz fand Reynolde, der gerade von seinem Sohn Arne Prügel bezog. „Halt! Genug!" rief der Feldwebel, „du bist morgen früh wieder hier. Du fängst in der Anfängerklasse an." Das war ein entscheidender Schlag gegen Reynoldes Selbstbewußtsein.

„Hallo, Vater", rief Arne, Eisenherz antwortete: „Hallo, Sohn!" „Dann ist das der Sohn von Prinz Eisenherz! Das hätte ich wissen müssen", und, Arne zuzwinkernd, sagte Reynolde: „Danke, daß du so kräftig den Staub aus meinem wattierten Anzug geklopft hast."

Aleta fand Reynolde reizend. Er war so voller Jugendträume. Nur wenn er über Pferde sprach, kam er aus seinem Wolkenkuckucksheim auf den Boden zurück, dann bewies er, daß er Verstand und Erfahrung besaß. Nach dem Besuch sagte Eisenherz: „Hier bahnt sich eine Tragödie an. Dieser Jüngling ist so ungeschickt, er trifft mit einem Besenstiel noch nicht einmal einen Heuhaufen. Aber er hat Mut und Begeisterung und wird in seiner ersten Schlacht fallen."

Ein anderer Jüngling, der nie der Kriegsheld werden konnte, wie es einst sein Wunsch gewesen, segelte durch die Nordsee, den Kanal. Sein Ziel war Camelot. Er hatte nur ein Bein. Dann sah er wieder die Pracht Camelots, die ihm vertraut war. Träumte er doch auch einmal, ein Ritter der Tafelrunde zu werden. „Kannst du mir sagen, wo ich Prinz Eisenherz finde?“ fragte er einen mutlosen und verzagten Burschen. „Ich bring dich zu ihm“, antwortete Reynolde, „er ist mein Freund.“ So gelangte Geoffrey, Schriftgelehrter und Historiker, wieder in den Kreis, in dem er früher, ein davongelaufener Knabe, Liebe und Lachen, Mut und Glück gefunden, nachdem er sein Bein verloren hatte.

Aleta schaute sich ihre Gäste an. Wie gewohnt, hatte sich ihr Mann mit dem Tollpatsch angefreundet, dem reizenden Unglücksraben, dem hochherzigen Burschen mit den hochfliegenden Plänen. Geoffrey war auch einmal ein solcher Jüngling gewesen, dessen Absichten zusammen mit seinem Bein zerstört worden waren. Seiner Belesenheit verdankte er es, das Eisenherz ihn zum Geschichtsschreiber von Thule ernannt hatte. Und jetzt dieser Reynolde. Liebenswürdiger Reynolde, zerschlagen und verbläut von seinen dauernden Übungen, immer noch bemüht, ein Krieger zu werden, würdig für Lady Ann. Und Ann? Ein Monat war vergangen; sie wartete geduldig, war sicher, daß er bald kommen würde in glänzender Rüstung, mit Ehren überhäuft, ihr zu Füßen zu legen.

Prinz Eisenherz schaute aufmerksam zu, wie Reynolde und die anderen Novizen und Knappen ihre Übungen leisteten, als der König an seine Seite trat. „Welch wunderbarer Reiter und welch wundervolles Pferd. Wer ist das, Prinz Eisenherz?“ „Reynolde, Sohn von Sir Hugo von Dinmore, mit einem Pferd aus eigener Zucht. Aber ach, trotz seines Mutes hat er nicht die Begabung zu einem Krieger. Seine erste Schlacht wird er nicht überleben.“

Einer der Knappen auf dem Hof hatte Schwierigkeiten mit seinem Pferd. Brutal riß er an den Zügeln, gab mit aller Gewalt die Sporen, das Pferd unter Kontrolle zu bringen. Zu Eisenherz‘ großer Überraschung preschte Reynolde heran. Der Sanftmütige brüllte: „Gefühlloser Narr! Willst du den Willen eines edlen Wesens brechen?“

Worte und wütende Gesten wurden erst gewechselt, es folgten Schläge. Obwohl die beiden Jünglinge nur mit hölzernen Übungsschwertern bewaffnet waren, verlieh der Zorn den Hieben Wucht. Reynoldes Reitkunst gab ihm Vorteile, nur seine Ungeschicklichkeit mit den Waffen verhinderte seinen schnellen Sieg. Als sein Gegner dem Pferd wieder grausam die Sporen gab, um zu entwischen, gab er sich bei diesem Fluchtversuch eine Blöße. Jetzt konnte selbst Reynolde nicht vorbeischlagen. Der erste Hieb fegte den Helm vom Kopf des Pferdeschänders, der zweite warf den schlechten Reiter aus dem Sattel. Es war Reynoldes erster Sieg.

„Du wolltest den Willen dieses edlen Pferdes brechen? Hast du so wenig Herz, daß du es nur mit Grausamkeit beherrschen kannst? Schau dir das Zaumzeug an, so fest gezogen, daß das Gebiß blutig ist. Und die Sporen, die du trägst, sind gemeine Waffen!“ Damit war die Unterweisung, die Reynolde dem Knappen erteilt hatte, beendet. Er brachte das Zaumzeug in Ordnung, stieg auf. Mit geübter Hand beruhigte er das mißhandelte Pferd, dann übte er mit ihm alle Gangarten.

„Bringt Euren jungen Freund zu mir, Prinz Eisenherz“, sagte der König, „wir brauchen einen solchen Mann.“

Der König berichtete vom Bedarf des Königsreichs an Pferden, vielen Pferden. Reynoldes Gesicht leuchtete vor Begeisterung. Er redete von seinen Erfolgen, starke und rasche Pferde zu züchten. Und wie auch auf Camelot eine Zucht begonnen werden könnte. Die Sonne war schon untergegangen, als Reynolde schwieg, sich verabschiedete. „Würde er seinen Traum, ein großer Krieger zu werden, aufgeben und sich zufrieden geben, unseren Pferdebestand zu bessern und zu mehren?" fragte der König. „Nein, Majestät", mußte Eisenherz antworten. „Da ist ein Mädchen im Spiel." Arthur nickte traurig. Immer gab es irgendwo ein Mädchen, die Pläne eines Mannes zu vereiteln.

Jung-Reynolde erfuhr nie, welche Angst seine Versuche, sich kriegerische Fähigkeiten anzueignen, bei seinen Freunden auslöste. Arne wußte, daß jeder Kampf für Reynolde nutzlos war. Geoffrey erinnerte sich, daß er einst auch ein Held werden wollte, bis er seine wahre Berufung erkannte und ein berühmter Schriftgelehrter und Historiker wurde. Prinz Eisenherz und Königin Aleta warteten mit Bangen, was geschehen würde. König Arthur brauchte Reynolde als Pferdezüchter. Eines Tages geschah das Unvermeidliche. Reynolde wurde vom Platz getragen — mit gebrochenen Knochen und gezerrten Sehnen. Nun waren es alle zufrieden — für eine Weile. Reynolde kümmerte sich um seine geliebten Pferde, König Arthur war erstaunt über seine Kenntnisse und Fähigkeiten. Er befahl, daß Reynoldes Kritik zu beherzigen und seine Anweisungen zu befolgen wären.

Das geschah auch, solange der König anwesend war. Die Pflege der Pferde oblag ausgedienten Rittern, die ihres Alters oder Verwundungen wegen nicht mehr für den Kampf geeignet waren. Sie verübelten einem Jüngling die Einmischung, sie achteten nicht auf seine Vorschläge. Wieder ein Fehlschlag! In tiefer Verzweiflung dachte Reynolde an Lady Ann, die geduldig seiner Rückkehr harrte. Ann schien weit, unerreichbar weit. Er mußte sein Herz ausschütten, und Aleta war eine mitfühlende Zuhörerin. „Jahre werden vergehen, bevor ich ihrer wert sein werde. Was soll ich nur tun?“ stöhnte er. „Frag sie“, antwortete Alete einfach. „Typisch Frau“, murmelte Reynolde. „Frauen denken immer, alles wäre so einfach ... oder ist es das doch?“

Und Aleta, deren mütterliche Instinkte durch den sanften und hilflosen Jungen geweckt worden waren, fing an, Reynoldes Leben zu ändern. Unverzüglich begab sie sich zu König Arthur.

Aleta war eine Königin, schön und verwöhnt. Sie zögerte nicht, dem König aller Briten zu sagen, was er zu tun hätte. Und der König, der diese zierliche Blonde genau kannte, hörte geduldig zu. „Ihr braucht Reynoldes Begabungen. Reynolde will ein kriegserprobter Ritter werden, um Lady Ann zu gewinnen. Lady Ann hat romantische Vorstellungen von Rittern in schimmernden Rüstungen, die kühne Taten vollbringen. Heilt die Lady von ihren Träumereien, und alles wird sich zum Besten fügen. Nun, Majestät, müssen wir folgendes tun …“

Reynolde wurde vor den König gerufen. „Wir wissen, auf Eures Vaters Gut zu Dinmore hat es viele edle Pferde wie das, auf dem Ihr reitet. Wir brauchen für unsere Zucht frisches Blut. Könnt Ihr uns helfen?“ „Majestät, im Morgengrauen werde ich aufbrechen, um alles mit meinem Vater zu besprechen“, sagte Reynolde, der zu wachsen schien, wenn von Pferden die Rede war.

„Mit Eurer Erlaubnis würde ich Euch gern auf der Reise begleiten", bat Geoffrey. Reynolde gab sogleich seine Zustimmung, fühlte sich geschmeichelt, daß ein so gelehrter Mann seine Gesellschaft suchte.

Manchmal war Reynolde begeistert, wenn er an seine Pläne dachte, die Pferdezucht auf Camelot zu leiten. Manchmal allerdings war er verzweifelt, wenn er daran dachte, wie hoffnungslos es wäre, Lady Ann zu gewinnen. An einem Kreuzweg trafen Reynolde und Geoffrey einen Ritter, ein menschliches Wrack, gezeichnet von vielen Kämpfen. Er war auf dem Weg nach Hause, wo er nur seine Narben als sein Lebenswerk vorweisen konnte.

„Das wäre auch mein Schicksal gewesen, hätte ich nicht ein Bein verloren", sinnierte Geoffrey. „Ihr, ein berühmter Schreiber, habt einmal danach gestrebt, ein Krieger zu werden?" fragte Reynolde. „Ja, wie es nun Euer Eifer ist. Wollt Ihr meine Geschichte hören?" Geoffrey begann zu erzählen (die ausführliche Geschichte ist verzeichnet in den Prinz-Eisenherz-Abenteuern „Zwischen Leben und Tod" und „Reitet für Thule" in den früheren Bänden):

„Als Knabe lief ich von zu Hause weg. Ich floh vor einer kummervollen Kindheit, mein Glück in der Welt zu suchen. Ein gütiges Geschick ließ mich Prinz Eisenherz treffen, der mich nach Camelot brachte. Königin Aleta wurde mein Idol, für das ich schwärmte, Ihre bloße Gegenwart forderte Höflichkeit, Gefälligkeit und den Wunsch, ihrer Freundschaft wert zu sein. Sie lehrte mich schreiben und lesen.

Zuerst lernte ich, um der Königin zu gefallen. Aber je mehr ich lernte, desto größer wurde mein Wissensdurst. Jeden Tag verbrachte ich viele Stunden in der Bibliothek, studierte die Bücher und alten Schriftrollen, eignete mir das Wissen vieler Gelehrter aller Völker an. Prinz Eisenherz ernannte mich zu seinem Knappen, und wir erlebten manches Abenteuer zusammen. Eines Tages rief uns König Arthur zu sich und erteilte uns einen wichtigen Auftrag. Wir sollten den Landweg durch Europa nach Rom nehmen, der durch umherziehende Goten gefährdet war.

Wir überstanden manche Gefahr, erreichten schließlich die Alpen und starrten auf die drohend aufragenden Gipfel, die wir passieren mußten, um nach Rom zu gelangen. Wir wählten den Paß des St. Bernhard, um durch das Gebirge zu kommen. Wir kämpften uns bergan so schnell wie möglich, das gute Wetter hielt an. In einer Nacht löschten Wolken das Sternenlicht, der Wind heulte um die Felsspitzen. Dann fing es zu schneien an, der eisige Sturm wuchs zum schrillen Schrei. Die Zeit meiner Pein hatte begonnen. Am Ende dieser Schreckensnacht, als wir uns aus den Schneemassen gruben, merkte ich, daß meine Füße erfroren waren. Ein grauenvoller Abstieg aus den Bergen, meine Gefährten trugen mich die Pfade und Straßen bis nach Turin, der ersten großen Stadt jenseits des Alpengebirges. Dort gaben sie mich ins Hospital zur Behandlung und Pflege. Sie mußten mich verlassen, ihre Mission vollenden.

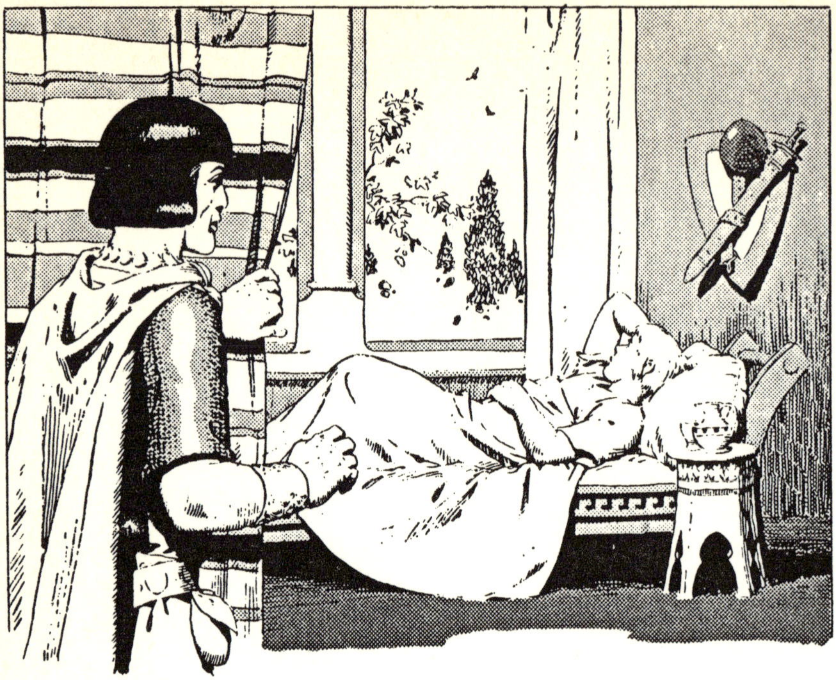

Ein Bein mußte mir im Krankenhaus amputiert werden. Verweht waren meine Träume vom Rittertum. Ich gab den Willen zum Leben auf. Als Prinz Eisenherz aus Rom zurückkehrte, mußte er meine Wehklage anhören: Schwert und Schild sind jetzt ohne Wert, und wertlos bin auch ich. Das ist das Ende.

Doch Prinz Eisenherz erklärte mir: Das ist es nicht. Das ist ein Anfang. Du kannst lesen und schreiben. Und du wirst erkennen, daß Feder und Tintenfaß deinen Begabungen besser entsprechen als Schwert und Schild. Du bist nicht zum Krieger geschaffen.

Und dann sprach Prinz Eisenherz zu mir: Du hast eine Arbeit zu tun. Hier sind meine Aufzeichnungen, die unseren Auftrag betreffen. Verfasse daraus einen ausführlichen Bericht, der an König Arthur gesandt werden wird, um den König vom Erfolg unserer Mission zu unterrichten."

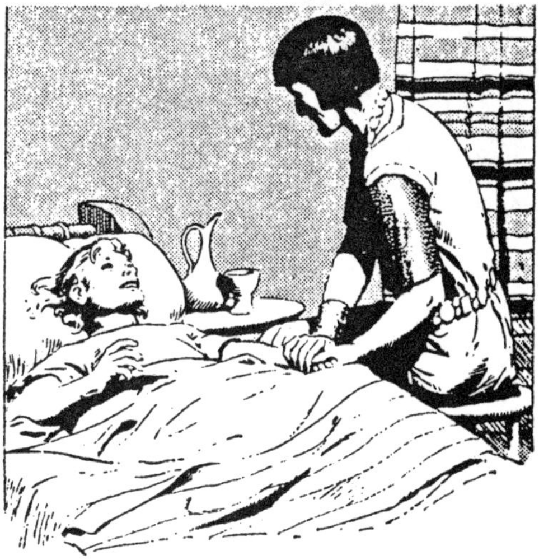

Dunkel war es inzwischen geworden, als Geoffrey seine Erzählung beendet hatte. Reynolde saß noch lange wach und dachte nach. Betraf die Moral dieser Geschichte auch ihn?

Niemals hatte er solche Verzweiflung gekannt. Reynolde grübelte: „Geoffrey konnte das Waffenhandwerk nicht ausüben, aber er hatte andere Fähigkeiten, war begabt zu einem Poeten, Historiker, Schriftgelehrten. Während ich ... ich kann nichts, außer ein glorreicher Stallbursche zu sein. Und Lady Ann? Sie wollte warten, bis ich mir die goldenen Sporen des Rittertums verdient habe. Will sie für immer warten?"

Als sich Reynolde mit seiner Gruppe Glenhaven näherte, wollte er vorbeireiten, er schämte sich, Lady Ann zu begegnen. Geoffrey erinnerte ihn daran, daß sie diesen Weg auch wieder zurückreisen müßten mit den Pferden für Camelot, daß Unterbringung und Verpflegung der Herde auf Glenhaven zu besprechen wären.

So trafen sich also Ann und Reynolde wieder. Und da sie jung waren und verliebt — wer sollte von ihnen Vernunft erwarten? Ihn zu erfreuen, plapperte sie von Camelot, Rittern und Heldentaten. Er wußte, daß solche Schwärmereien nicht seine Sache sein konnten. Er schwieg und war sehr zurückhaltend.

Um das Maß von Reynoldes Verzweiflung vollzumachen, gab es noch einen Rivalen. Sir Bala Llanwyn war ein athletisch gebauter Jüngling, der gern seine Muskeln spielen ließ. Außerdem trug er um den Hals eine Medaille, die er bei einem kleinen unbedeutenden Turnier gewonnen hatte. Nicht nur damit gab er an, er prahlte mit seinen Taten, die er mit Schwert und Lanze vollbracht hatte. Reynolde beneidete Bala, Ann war begeistert. „Ist er nicht ein bewundernswürdiger Ritter?" rief Ann hingerissen. Geoffrey lächelte, flüsterte: „Ein tapferer Held. Einer, der seine Muskeln auf Kosten seines Kopfes entwickelt hat. Ich finde ihn fad und auf die Dauer langweilig."

In all ihren langen siebzehn Jahren hatte Ann noch nie ein solches Leid erfahren. Sie war so nett zu Reynolde gewesen, wie es nur möglich und schicklich war, aber er hatte sie abblitzen lassen. Seine Kälte und Zurückhaltung, seine Ablehnung und Abgunst hatten ihr das Herz gebrochen — für immer und alle Zeiten. Und während Ann nicht schlafen konnte, saß Reynolde am Fenster und starrte in das Mondlicht, das den Garten verzauberte

Für die Schönheit der Natur, den Reiz dieser Nacht hatte Reynolde keinen Sinn. „Ann, Ann“, stöhnte er, „wie kannst du je wieder mich anschauen, mich, der so tief unter deine Erwartungen gefallen ist.“ Reynolde erinnerte sich seines Gesprächs mit Königin Aleta, der er seine Befürchtungen offenbart hatte. Und die Königin hatte gesagt: „Frag sie doch!“ Am anderen Morgen suchte er die Nähe von Ann, zitternd und voller Hemmungen sprach er: „Ich liebe dich, Ann. Darf ich bei deinen Eltern um deine Hand anhalten?“ „Ja!“ jauchzte sie, ergriff seine Hand, zerrte ihn in das Zimmer der Eltern, wo Sir Bala gerade Ann zur Frau erbat. Anns Mutter gab Reynolde den Vorzug, der artig und gebildet war. Der Vater war für Bala.

„Wenn wir schon einen Schwiegersohn haben müssen, dann ist es besser, einen zu haben, der zu kämpfen versteht, wenn es sein muß!“ Diesem Argument hatte die Mutter ein anderes entgegenzusetzen. Die Behauptungen und Erwiderungen der Eltern dauerten fast die ganze Nacht. Aber niemand konnte in Erfahrung bringen, welches Argument besser, welcher Elternteil stärker war. Trotz der lauten Auseinandersetzung. Die Schlafzimmertür war zu dick.

„Nur einer von uns kann unsere Lady Ann heiraten. Für den anderen ist es undenkbar, weiterzuleben ohne sie.“ „Wie einfach Eure Lösung des Problems doch ist“, antwortete Reynolde, „in zwei Wochen werde ich zurück sein, mein Schildarm wird geheilt sein, mein Schwert geschliffen.“

Durch die Wälder, die in den Farben des Herbstes glühten, war Reynolde auf dem Weg nach Dinmore.

Ann gab sich erfreulichen Träumen hin, dachte an den Tag, an dem Reynolde ihr gehörte, sie zu leiten und zu lenken, zu liebkosen und zu piesacken, sich um sie zu kümmern, sie zu lieben und glücklich zu machen. Noch nicht einmal der Krach, den Bala veranstaltete, konnte diese Träumereien stören. Er drosch auf einen Strohmann ein, sich auf das kommende Duell vorzubereiten.

Auf dem Weg nach Dinmore entfernte Reynolde den Verband von seinem verletzten Arm. Obwohl es schmerzte, trug er seinen Schild, die verlorene Kraft im Arm wiederzugewinnen. So erfuhr Geoffrey von dem Duell, das seinem Freund bevorstand.

Und da es dabei um die Ehre ging, war kein Rückzieher möglich.

Als sich vor den Reitern ein Tal öffnete, erklärte Reynolde: „Da liegt meines Vaters Gut, die sattesten Weiden in dieser Gegend. Wir züchten hier eine vorzügliche Pferderasse, die König Arthurs Kavallerie bald zur bestberittenen der ganzen Welt machen wird."

Sir Hugo hieß seinen Sohn und die Gäste willkommen. Das Wiedersehen wollte er zum Anlaß einer großen Feier machen, aber Reynolde war eifrig bestrebt, seinen ersten wichtigen Auftrag für den König schnell zum Erfolg zu führen. Pferde mußten ausgewählt, Pferdeburschen und Reiter bestimmt, eine Route festgelegt werden, an der auch Weidegründe lagen. „Das hast du gut gemacht", sprach der Vater zu Reynolde, „du bringst uns nie gekannten Wohlstand und großes Ansehen. Wir können mehr Wiesen und eine größere Herde unterhalten. Denn ich bin sicher, der König wird noch viel mehr Pferde von uns brauchen."

Als Ann aus dem Fenster blickte, sah sie zwar eine Herde schön gebauter Pferde, die in die umzäunten Weiden getrieben wurden. Aber nur für Reynolde hatte sie Augen. Der erklärte gerade seinem Freund Geoffrey: „Wie du weißt, habe ich noch mit Bala Llanwyn eine gewisse Angelegenheit zu klären. Sollte ich dabei Pech haben, sorge dafür, daß die Pferde gut nach Camelot gelangen. Hier sind die Papiere, Preise, Vereinbarungen, Urkunden. Ich übergebe sie deiner Obhut."

Auch Bala hatte Reynoldes Ankunft gesehen. Er zog sich in die Waffenschmiede zurück, schärfte sein Schwert.

Konnte es einen Zweifel geben, daß Reynolde den Zweikampf mit Bala nicht überleben würde? Aber er hatte keine Furcht. Geoffrey bewunderte den Mut des Freundes. Und er schmiedete Pläne, wie er Reynolde vor dem sicheren Untergang bewahren könnte.

Reynolde begrüßte Anns Eltern, besonders herzlich das Mädchen. Für einen langen Moment blickte er in ihre Augen, vermutete er doch, daß er sie zum letzten Mal sähe. Nachdem er die Pferde auf der Weide und die Pferdeburschen in ihrer Unterkunft versorgt wußte, legte er Rüstung und Waffen an. Reynolde ahnte, daß Bala ungeduldig wartete. In einer abgelegenen Ecke des Schloßhofes nahmen die beiden Aufstellung. Sie zogen klirrend die Schwerter, bereit, aufeinander einzuschlagen. „Runter mit den Schwertern. Es gibt kein Duell!“ befahl Geoffrey mit leiser Stimme, zwischen die Gegner tretend, und sagte zu Bala: „Reynolde ist im Auftrag des Königs unterwegs. Und der König hat keine Nachsicht mit einem, der seine Absichten stört.“

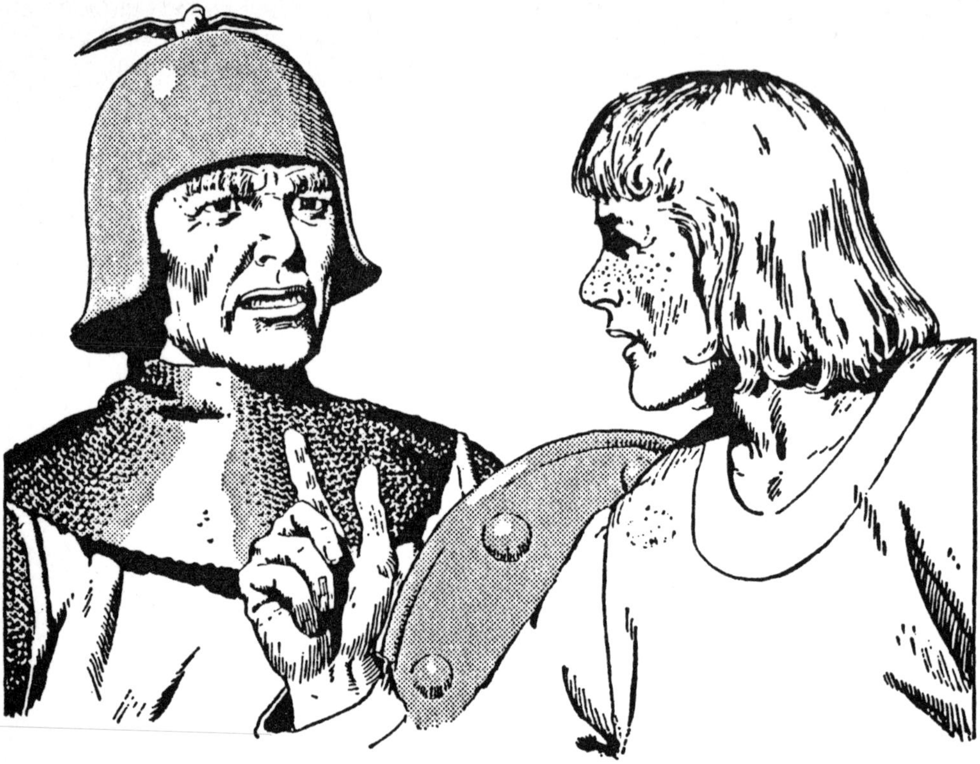

„Aber es handelt sich um die Ehre!“ empörte sich Bala. „Ehrenhändel“, höhnte Geoffrey, „Ihr seid doch nichts anderes als ein fahrender Ritter, der um Ruhm und Gewinn kämpft, ein käuflicher Kerl. Wenn Ihr Ehre erringen wollt, geht nach Camelot und seid stolz, dort für eine Sache zu kämpfen, die Eures Einsatzes Wert ist.“ An diesem Abend war Bala sehr still. Bedeuteten die Falten, in die er seine Stirn gelegt hatte, daß er versuchte zu denken?

Ein Leben lang hatte er geglaubt, daß Kraft und Kampfbereitschaft alles waren, was zählte. Und da kamen zwei, die er ohne Mühe zerschmettern konnte, und gaben ihm das Gefühl, ein dummer Junge zu sein. Sollte es wahr sein, daß die Kraft des Gehirns stärker ist als die der Muskeln?

Bala dachte wirklich: „Nach Camelot? Nein! Ich bin frei, und es liegt an mir, zu kämpfen wann und mit wem ich will. Mit dem Kopf arbeiten? Quatsch! Das führt nur dazu, sonderbar und ohne Ende zu quasseln. Das ist fade und stinklangweilig.“ Bala grübelte noch am nächsten Morgen, als Reynolde schon auf der Weide war, nach den Pferden zu sehen. Es war noch ein langer Weg nach Camelot, die Tiere mußten gut versorgt und ausgeruht sein. Was Reynolde noch beschäftigte, war eine schwierige Frage: Lady Ann hatte ihm ihr Herz geschenkt, aber es lag an ihren Eltern, wem sie die Hand ihrer Tochter gaben.

Mit dieser Frage war Reynolde nicht allein. Sie wurde gerade entschieden. Von Anns Vater, wie der dachte: „Ich habe beschlossen, daß Bala unser Schwiegersohn wird. Der ist ein beherzter Kerl, und es ist immer gut, so einen in der Nähe zu haben, wenn es einmal Schwierigkeiten gibt.“ Das verkündete Anns Vater, als er aufstand, dann streckte er sich, gähnte, kratzte sich, begann in seine Kleider zu schlüpfen. Wenn er gemeint haben sollte, seine Meinung sei auch schon eine Entscheidung gewesen, so hatte er sich vielleicht geirrt. Seine Tochter hatte ja auch noch eine Mutter.

„Wenn es einmal Schwierigkeiten geben sollte, dann nur, weil dieser Bala sie heraufbeschwört“, sprach Anns Mutter und erhob sich von ihrem Lager, „der denkt doch nur ans Kämpfen. Der ist genauso unfähig, seinen Lebensunterhalt zu verdienen, wie er es schaffen könnte, einen Besitz zu verwalten. Auf der anderen Seite Reynolde, der des Königs Gunst genießt, der durch den Pferdehandel großen Reichtum erringen wird. Und, wenn es wirklich mal Schwierigkeiten geben sollte, dann sind wir schließlich durch Familienbande mit Sir Hugo von Dinmore verbunden, und uns wird Hilfe von dort zuteil.“

Sir Bala war sehr wütend. Ein schönes Weib wurde ihm streitig gemacht, damit auch ein angenehmer Ort, frei und unbeschwert zu leben. Außerdem die Möglichkeit, eines Tages auch Burg und Land zu besitzen.

Die Pferde waren zusammengetrieben, alle Pferdeburschen waren zur Stelle, der lange Zug nach Camelot konnte beginnen. Da preschte Bala heran und fragte, zur großen Überraschung und Verwunderung von allen, ob er am Zug teilnehmen könne.

„Ja“, antwortete Reynolde, „und Ihr seid willkommen. Wir brauchen jeden Reiter, um die große Herde zusammenzuhalten.“

Bala, der nicht aus Freundlichkeit oder Hilfsbereitschaft mitziehen wollte, suchte eine Gelegenheit, an seinem erfolgreichen Rivalen Rache zu nehmen. Bala, der jede nützliche Arbeit scheute, wunderte sich, daß viele Söhne aus edlen Familien hier als Pferdeburschen tätig waren.

Wer sollte das verstehen, nur Streit, Kampf und Krieg waren doch die einzige Bestimmung eines Mannes?

Geoffrey ritt voraus, die Ankunft der Pferde anzukündigen, Vorbereitungen für die Unterkunft auf Camelot zu veranlassen. Reynolde wußte zwar, daß die von ihm gezüchteten Tiere ausgezeichnete Pferde waren. Aber er wußte nicht, wie wichtig sie für König Arthurs Kavallerie waren. Der König und viele seiner ritterlichen Reiter waren am Korral, um die Ankunft der Pferde zu begrüßen und zu feiern.

Bala hatte erwartet, daß die großen, berühmten kampferprobten Ritter große, muskelbepackte, finster blickende Kerle wären, bereit, bei jedem Anlaß loszuschlagen.

Bala hatte sich geirrt. Je berühmter ein Ritter war, desto höflicher sein Benehmen. Bala fühlte sich wie ein plumper Tölpel.

Es war um diese Zeit, als Prinz Eisenherz das Gefühl hatte, sich lange genug ausgeruht zu haben. Er betrat die große Halle von Camelot und hing seinen Schild an den dafür vorgesehenen Platz, seine Anwesenheit zu bekunden und seine Bereitschaft, Dienste und Pflichten zu übernehmen.

„Zur rechten Zeit", lächelte König Arthur, „wir haben eine kleine leichte Aufgabe für Euch. Es wird nicht lange dauern, diesen Auftrag auszuführen, zur Jagdzeit werdet Ihr zurück in Camelot sein. Graf Clive von Wickwain ist verstorben, und sein Halbbruder Sligol beansprucht als nächster in der Erbfolge die Ländereien. Die Witwe und ihre Tochter widersetzen sich. Geht und schlichtet den Streit, bevor eine Blutfehde ausbricht."

Bevor wir mit Prinz Eisenherz ein neues Abenteuer erleben, wollen wir wissen, was weiter mit Reynolde geschah. Nun, König Arthur erklärte ihn schließlich zum Ritter und obersten Hüter der Pferdeherden.

Hier sehen wir, wie er aus unserer Geschichte, unserem Buch hinausreitet — nach Glenhaven, wo er um Lady Anns Hand anhält. Gerüchte wollen wissen, daß die beiden ein Leben lang glücklich waren, obwohl sie im nächsten Jahr Hochzeit hielten ...

Es war für einen fahrenden Ritter üblich, sich von einem jungen Burschen begleiten zu lassen, damit dieser Erfahrung und Übung gewinne. Sir Baldwin, für die Rekruten verantwortlich, bestimmte Bala zum Begleiter von Prinz Eisenherz. Der erzählte dem Jungen von ihrem Auftrag, aber Bala kümmerte sich nicht darum. Er wollte nur wissen, ob es zu Streit und Kampf komme, welcher Gewinn ihm winke.

Mittags war es heiß, ein kühler See blaute einladend herüber. „Ich werde eine Runde schwimmen", sagte Eisenherz, „macht ihr mit?" Bala schüttelte voller Verachtung den Kopf und ritt langsam weiter.

Seinen Begleiter fand Prinz Eisenherz später auf einer Lichtung. Bala zog sein Schwert und schritt auf einen Jüngling zu, der offensichtlich der Verlierer eines Zweikampfes war.

„Noel ist mein Name", sprach der Gestürzte, „ich bin der Neffe des letzten Grafen von Clive, ich war auf dem Wege nach Camelot, die Gerechtigkeit des Königs zu suchen." „Wir sind ausgesandt, diese Gerechtigkeit zu bringen", erklärte Prinz Eisenherz. „Sein Pferd und seine Waffen gehören mir, in einem ehrlichen Kampf gewonnen", bellte Bala. In Eisenherz' Stimme schwang Widerwille und Abscheu: „Ihr kennt nicht den Unterschied zwischen ritterlicher Haltung und bewaffnetem Raubüberfall!"

Noel, unverletzt, nur angeschlagen, wurde aufs Pferd geholfen. Bala war verwirrt, er wollte so gern ein Ritter des Königs werden, verstand aber nicht, wie ein Ritter so geschäftsuntüchtig sein konnte.

Prinz Eisenherz zähmte seinen Zorn: „Wir handeln im Auftrag unseres Königs, bekämpfen nur die, die sich uns entgegenstellen. Noel sucht des Königs Gerechtigkeit, ihm ist Unterstützung zu gewähren, er darf nicht daran gehindert werden!" Auf dem Wege nach Wickwain erzählte Noel, wie Sligol seine Ansprüche auf das Erbe mit einer bewaffneten Truppe durchsetzen wollte.

Die lieblichen Gefielde von Wickwain lagen vernachlässigt um die feste Burg, niemand bestellte die Felder, kein Tier weidete auf den Wiesen, stumm und drohend erhoben sich die Mauern, hinter den Zinnen standen Wachen. Vor dem großen eichenen Tor hielt Eisenherz: „Öffnet im Namen des Königs!" Erst nach langem Warten, nach heftigem Wortwechsel öffnete sich ächzend das Portal.

Überall Bewaffnete. Eingeschüchterte Schloßdiener übernahmen ihre Pferde. Die Wachen am Eingang gaben nur ungern den Weg frei, wichen vor dem drohenden Blick des Prinzen zurück. Sligol saß an einem Tisch, der bedeckt mit Urkunden und Dokumenten war. „Ihr seid hier nicht willkommen. Ich habe dieses Anwesen dank der Erbfolge in Besitz genommen. Das alles geht den König nichts an."

„Wir kommen zur rechten Zeit", antwortete Prinz Eisenherz ruhig, „denn ich sehe, Ihr habt alle Papiere schon bereit gelegt. Wir verlassen Euch, sobald Euer Anspruch sich als gerecht erwiesen hat."

Bala hatte gelernt, Männer wie Sligol zu bewundern, starke Männer, die sich nahmen, was sie wollten. Aber warum sah Sligol so erbärmlich im Vergleich zu Prinz Eisenherz aus? Und warum riskierte der Prinz so leichtfertig sein Leben — für nichts?

Eisenherz sprach nach Durchsicht der Dokumente: „Sir Sligol, Euer Anspruch scheint zu Recht zu bestehen, nun ruft Lady Clive, damit wir ihre Ansicht zur Kenntnis nehmen können." „Ich will nicht, daß sich Weiber in meine Angelegenheiten einmischen!" schrie Sligol, „die sind hysterisch, heulen, haben keine Ahnung. Die sollen sich auf der Wiese sonnen, wie ich es befohlen habe."

Prinz Eisenherz wandte sich an Noel: „Geleite die Damen hierher. Sollte sich irgendwer weigern, Euch auf Verlangen Durchlaß zu geben, dann sprecht: Es ist befohlen von des Königs Stellvertreter!"

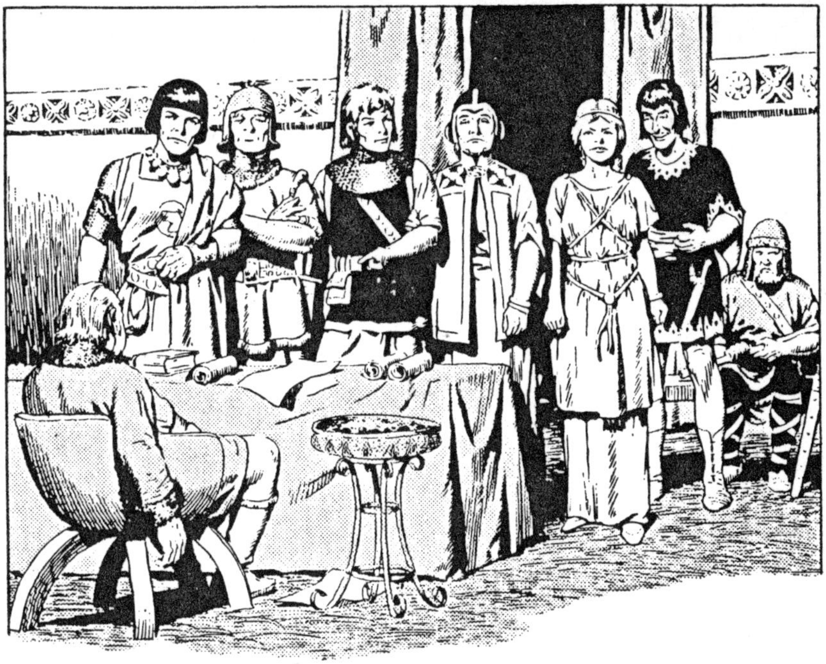

Am Arm ihres Neffen Noel betrat Lady Clive stolz und aufrecht den Saal. An ihrer Seite die Tochter Meg, pummelig, mit Stubsnase und rotem Haar. In ihrer Begleitung Sligols Sohn, ein Fahlgesicht mit dicken Lippen und dunklen Augen, die jeder Bewegung Megs folgten.

Im Saal gab es nur einen Stuhl, in den sich Sligol flegelte. Eisenherz deutete auf die Bänke, auf denen die Wachsoldaten saßen. „Bringt eine Bank", befahl er Bala. Auf einen Wink Sligols behielten die Soldaten Platz. „Ist diese recht, Prinz Eisenherz?" fragte Bala verschmitzt lächelnd. Eine solche Arbeit machte ihm Spaß.

Die Damen nahmen also Platz. Lady Clive ergriff das Wort: „In Sligols Adern fließt kein einziger Tropfen des Cliveblutes. Sein Anspruch ist nichtig. Der nächste männliche Verwandte, Noel, ist Treuhänder des Besitzes. Wenn Meg heiraten wird, verwaltet sie mit ihrem Gatten für ihren Sohn den Besitz, wenn sie das Glück haben sollte, einen Sohn zu haben. Der wird Land, Burg und Titel erben, wie der letzte Wille meines Ehemannes es vorsah."

„Was redest du da!" brüllte Sligol, „wenn sich Weiber in Männerangelegenheiten einmischen, muß es ein Schlamassel geben. Letzter Wille, welch ein Unsinn! Es gibt kein Testament. Aber egal, ich habe das Problem gelöst. Ich werde Lady Clive heiraten, und mein Sohn Fonde nimmt Meg zur Frau." „Lieber will ich eine arme Küchenmagd sein als Eure Frau", in Lady Clives Stimme schwang tiefe Verachtung. „Das kannst du haben", war Sligols scharfe Erwiderung, „bis dein Rücken bricht, deine Hände bluten!" Auch Megs Antwort war deutlich: „Beim ersten Mal, wenn du mit deinen kalten widerlichen Fingern nach mir grabschst, kratze ich dir die Augen aus!" Fonde hörte nicht auf zu lächeln, aber in seine Züge, von Begierde beherrscht, mischte sich noch Grausamkeit.

Lady Clive bestand darauf, daß es ein Testament geben mußte. Eisenherz stöberte in den Papieren. Sligol saß hinter dem Tisch, neben sich ein Kohlebecken, die Herbstkühle zu mildern ... und unliebsame Dokumente zu verbrennen. Eisenherz entriß den Flammen die Papiere, löschte das Feuer.

„Das sieht aus wie der verkohlte Rest eines Testamentes." Noel stimmte zu: „Stimmt, es ist die Schrift meines Onkels, und hier sind die Unterschriften dreier Zeugen. Die eine ist von Lord Lamoric, der inzwischen gestorben ist. Sir Donian ist in Cornwall und nicht zu erreichen. Aber Sir Grenwold ist ein Nachbar und kann morgen hier erscheinen."

Noel legte seine Waffen an, bestieg ein Pferd. „Wenn ich die ganze Nacht reite, erreiche ich Sir Grenwolds Besitz im Morgengrauen, kann am späten Nachmittag zurück sein.“

Sligol war in einer verzweifelten Lage. Zwei seiner Söldner erhielten den Befehl, Noels Verfolgung aufzunehmen. Er wollte Wickwain behalten, da ließen sich einige Morde eben nicht vermeiden. Aber die Verfolger wurden selbst verfolgt. Wieder dröhnte die Zugbrücke unter dem Hufgeklapper, das sich bald in der Ferne verlor. Im Schutze der Nacht fand ein verwegener Wettlauf statt, eine wilde Verfolgungsjagd.

Prinz Eisenherz hatte Bala nicht informiert, er hielt den Burschen für nicht vertrauenswürdig — und für ein bißchen dumm. Jetzt suchte Bala den Prinzen, er brauchte die Befehle seines Vorgesetzten.

Bala betrat Prinz Eisenherz' Zimmer, überraschte Sligol, wie der in den Sachen von Eisenherz stöberte, den nicht verbrannten Teil des Testaments suchte.

Bala blickte ihn kaltblütig an. „Raus!“ wiederholte Bala, und sein Gesichtsausdruck ließ es Sligol unklug erscheinen, länger zu verweilen.

Prinz Eisenherz war nicht da, Fonde in seine Schranken zu verweisen. Bala fand den widerlichen Jüngling, der gegenüber Meg aufdringlich geworden war, sie umklammert hielt, und ...

... schleuderte ihn kraftvoll in eine Ecke, wo Fonde liegenblieb und kläglich nach den Wachen schrie. Bala liebte das Kämpfen, jetzt konnte er sich richtig austoben. Drei Söldner griffen ihn an, da waren es nur noch zwei, und die hatten schon die Lust verloren.

Sligol erkannte die günstige Gelegenheit, die Macht über die Burg wiederzugewinnen. Er befahl, die Brücke einzuziehen, das Tor zu verschließen, um Eisenherz und Noel auszusperren. Die anderen Söldner sollten Bala unschädlich machen. Jetzt war die Übermacht schier überwältigend. Doch Bala erhielt Hilfe. Meg ergriff einen Speer und stürzte sich mit blitzenden Augen beherzt ins das Getümmel.

Und Noel? Der war inzwischen unbehelligt bei Sir Grenwold eingetroffen, der das verkohlte Dokument als das Testament des Grafen von Clive erkannte. Er war bereit, mit nach Wickwain zu reiten, dem Neffen, der Witwe und Tochter seines verstorbenen Freundes zu helfen.

Und Prinz Eisenherz?

Sir Grenwold und Noel fanden Prinz Eisenherz auf dem Wege nach Wickwain. Er saß im Grase und verband eine Wunde. Anscheinend hatte er letzte Nacht gearbeitet. Die zwei Söldner, die ausgeschickt worden waren, Noel zu erschlagen, lagen jetzt friedfertig am Boden.

Die Tore von Wickwain waren geschlossen. Auf einer Terrasse war Bala zu sehen, mit dem Rücken zur Wand erwehrte er sich der Übermacht von Sligols Mannen, kraftvolle Schläge austeilend. „Kommt", rief Noel, „ich kenne einen Geheimgang in die Burg!" Am Fuße der Festungsmauern war eine Tür in die Felsen eingelassen. Hinter dieser Tür, die so angemalt war, daß sie nicht zu erkennen war, öffnete sich ein dunkler Gang.

Sligol hatte seine Männer von der hintersten Reihe aus angefeuert. Jetzt, als Eisenherz und Noel die Treppe hinaufstürmten, stand er an vorderster Front. Die Schwerter blitzten im Sonnenlicht, und Sligol verlor sein Interesse an Wickwain — und am Leben. Der grimmgesichtige Bala und die wildäugige Meg hatten standgehalten.

Die Söldner, obwohl sie die Kunst, mit der Prinz Eisenherz und seine Freunde die breiten Klingen zu handhaben wußten, bewunderten, legten keinen Wert auf weitere Proben der Fertigkeiten ihrer Gegner. Sie legten die Waffen nieder. Wo war Fonde? Der hatte sich im hintersten Winkel der Küche verkrochen. Meg, in der Hand noch den bluttriefenden Speer, mußte zurückgehalten werden. Das Burgtor wurde geöffnet, und das letzte Mal, daß Fonde gesehen ward, war, als er in das schützende Dickicht des Forstes hineinrannte. Prinz Eisenherz wandte sich an Bala. „Das hast du gut gemacht. Du hast dein Leben eingesetzt, um die Burg zu halten — wie ein richtiger Ritter. König Arthur wird davon erfahren." Eisenherz eilte zu Lady Clive, sie zu unterrichten, daß alle Erbstreitigkeiten geschlichtet seien, Wickwain ihrer Familie gehöre.

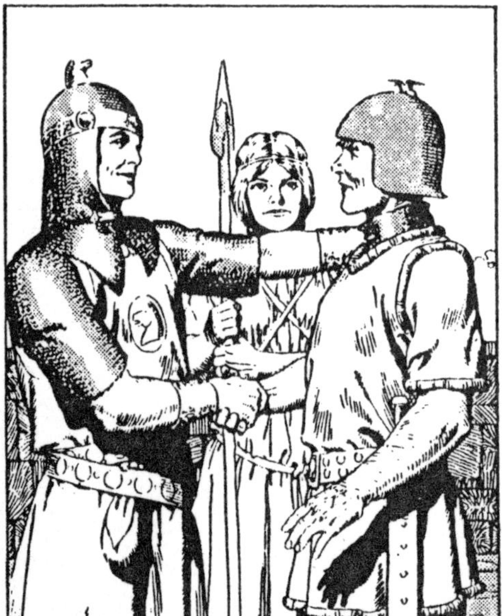

Bala war keine Anerkennung gewöhnt, und ein Lob, ausgesprochen von einem solch berühmten Ritter wie Prinz Eisenherz, mußte ihm zu Kopf steigen. „Danke für deine Hilfe, Meg", sagte er herablassend, „aber ich hätte das auch allein durchstehen können."

„Ich habe nicht dir geholfen", fuhr ihn Meg an, „ich habe mich verteidigt, und das kann ich auch ohne deine Hilfe!" Bala schaute Meg an, mit Verwunderung und Bewunderung. Diese untersetzte Gestalt, diese Stubsnase, dieses rote Haar, dieses zornige Glimmen in ihren blauen Augen. Die war richtig!

Bala dachte an Lady Ann, die ihm gehören könnte. Er sah sie vor sich, ihr schönes Gesicht, ihre schlanken Hände und Füße, ganz anders als Meg. Er beobachtete Meg, starrte sie gebannt an, wie sie den Gefangenen befahl, wieder Ordnung zu schaffen. Sie war ein gesundes junges Mädchen, so grübelte er, tüchtig und zuverlässig, sie könnte einem Krieger eine gute Frau sein. Aber wer braucht denn schon eine Frau? Er, Bala, ganz bestimmt nicht!

Bala pfiff vergnügt vor sich hin, als er seine Rüstung und Waffen polierte, sein Schwert wieder scharf schliff. Prinz Eisenherz hatte ihn gelobt wegen seiner Tapferkeit. Er allein hatte die Burg gegen eine Übermacht gehalten. Nun ja, fast allein. Meg hatte ihm geholfen. Und schon wieder weilten seine Gedanken bei Meg. Das entlockte seinen Lippen bewundernde Pfiffe.

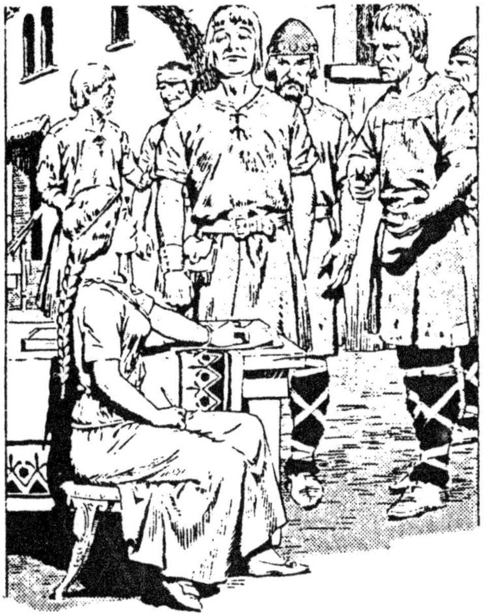

Die tüchtige Meg rief die Überlebenden von Sligols Truppe zu sich, die besten der Burschen nahm sie in Dienst, die anderen ließ sie ihres Weges ziehen. Prinz Eisenherz, als des Königs Stellvertreter, setzte ein neues Dokument auf, das die Besitzverhältnisse von Wickwain festlegte, wie es im Testament des Grafen vorgesehen war. Sein Auftrag war erfüllt, für den nächsten Tag war die Abreise nach Camelot festgelegt. Bala, von einer angenehmen Unruhe getrieben, betrat die Terrasse, wo er zusammen mit Meg gekämpft hatte. Zu seiner Überraschung war Meg auch hier. Sie sah anders aus, hatte ihr Haar neu frisiert, trug ein hübsches Kleid.

„Morgen kehren wir nach Camelot zurück, und ich würde gern wissen, wenn es sich mal ergeben sollte, daß ich mal hier vorbeikomme, ob ich dann wohl willkommen wäre.“ Meg überlegte: „Er ist ein bißchen einfältig, seine Manieren sind ungeschliffen, aber er ist stark und gesund, und sicher kann ich einiges an ihm verändern und verbessern.“ Sie sagte: „Falls du mal, was kaum geschehen mag, in der Nähe sein solltest, ich glaube, Mutter würde dich gern begrüßen“, und als sie seinen liebevollen Blick sah: „Und ich würde mich sehr freuen.“

Auf dem Weg nach Wickwain war Bala ein griesgrämiger und stummer Begleiter gewesen, an dem Eisenherz keine Freude hatte. Jetzt war Bala ein närrischer Kerl, sang laute Lieder in den Wald. Eisenherz kannte solche Anzeichen. „Ist es wegen des Rotschopfes?“ fragte er. „Ja!“ strahlte der verliebte Verwirrte, „das tollste Mädchen auf dieser wundervollen Welt!“

Auf dem Weg nach Camelot mußten Eisenherz und Bala gegen Sturm und Regen ankämpfen, die die letzten Herbstblätter von den Bäumen fegten. Das erregte den Prinzen freudig. Wenn die Blätter von den Bäumen gefallen waren, begann die Jagdzeit. Andere Anzeichen deuteten auch darauf hin. Daheim angekommen, probierte Aleta ein neues Jagdkostüm an, und Arne war irgendwo draußen, mit Pfeil und Bogen zu üben. Nachdem Prinz Eisenherz dem König Bericht erstattet hatte, schaute Arthur von seinem Sauspieß, den er geschärft hatte, auf und sagte: „Ich weiß, Ihr habt Euren Auftrag gut ausgeführt. Nun, die nächste Nacht bringt Frost, morgen wird die Jagd eröffnet." Der König und seine Ritter gingen frohgelaunt speisen. Nicht so der königliche Jagdaufseher. Ihm oblag es, den Jägern ihre Plätze zuzuweisen, die Nachtlager zu schaffen, die Unterbringung der Pferde und Hundemeute zu sichern. Die Verteilung des erlegten Wildes war gesetzlich geregelt.

Die Jagd war mehr als nur Sport und Vergnügen. Jagdzeit war Erntezeit. Der König hatte viele Gefolgsleute und Gäste zu speisen. Den Jägern folgten die Schlachter, die Bediensteten, die Treiber. Und die Ochsenkarren, die das Wildbret zu den Räucher- und Pökelkammern zu verfrachten hatten. Als beim Hörnerklang der neue Tag erwachte, zog eine fröhliche Jagdgesellschaft über die frostigen Wiesen in den lichten Wald. Der erste Tag war erfolgreich und viele Karren rumpelten, mit Wildbret schwer beladen, nach Camelot. Einige der Karren trugen noch eine andere Last. Da war zum Beispiel Sir Dumbold, der ungeschickt mit seinem Sauspieß hantiert hatte und die Hauer eines Wildschweins zu spüren bekommen hatte. Ein anderer, Argoth, hatte zu sehr seiner Stärke vertraut, die Kraft eines

verwundeten Hirsches unterschätzt. Ein anderes Opfer des Jagdvergnügens muß auch erwähnt werden. Nicht die Jagdleidenschaft, nicht ein wehrhaftes Tier forderte hier einen schmerzhaften Tribut ...

... denn auch Sir Trawley mußte die Reise auf einen Ochsenkarren antreten. Er wurde ein Opfer seiner Bewunderung des weiblichen Geschlechts, das er mit den Augen verfolgte — statt auf den Weg zu achten.

Allen Jägern voran ritt König Arthur, sein Antlitz glühte vor Begeisterung und Jagdlust. Zu selten konnte er sich erlauben, die Staatsgeschäfte zu vergessen. Fröhlich ging die Jagd weiter. Nur der Hundeführer war traurig und schämte sich seiner Tränen nicht. Ihm schien, daß immer die Tapfersten und Mutigsten die Opfer von Hauern und Geweihen wurden.

Die Jagdgesellschaft verbrachte die Nacht auf Schloß Ponsby. Obwohl sich der Gastgeber sehr geschmeichelt fühlte, seinen König zu beherbergen, wußte er, daß er einem Winter entgegensehen mußte, in dem er einen leeren Weinkeller und eine geplünderte Speisekammer haben würde.

Der zweite Tag der Jagd brach an. Kein Sonnenaufgang, nur Nebel und Niesel. Aleta packte ihr neues Kostüm in die Satteltasche und war unglücklich. Sie zog einen nützlichen und praktischen Rock und einen wetterfesten Umhang an. Die meisten Damen blieben im Schutze des Schlosses, nicht so Aleta. Sie war auf die Jagd gegangen und wollte jagen, da mußte es gleichgültig sein, wie elend sie sich fühlte. Die Hunde hatten einen Hirsch gestellt. Aleta spannte ihren Bogen. Die anderen Jäger zogen sich zurück, sie erinnerten sich der Jagd letzten Jahres, als Aleta den Grafen von Diregarde zur Strecke gebracht hatte.

Der Hirsch hatte keine Lust, den Tod aus so hübschen Händen zu empfangen. Er stürmte auf Aleta los. Für einen Augenblick voller Atemlosigkeit schien es, als hätte er die zierliche Jägerin aufgespießt und davongeschleppt. Der König erholte sich als erster von dem Schreck. „Schaut!“, rief er, „das ist der bestgekleidetete Hirsch in unseren Jagdgründen!“ Und bevor auch nur einer der Jäger merkte, was sich ereignet hatte, hüllte er Aleta in seinen Umhang.

Der Umhang war zu kurz, der Wind kalt, und sie hätte am liebsten dieses Grinsen aus Eisenherz‘ Gesicht geschlagen.

Prinz Arne war herumgeschweift, hörte auf das Bellen der Meute, um zur Jagdgesellschaft zurückzufinden. Da verstellte ihm ein riesiger Keiler den Weg. Ein Zweikampf war unvermeidlich.

Mit funkelnden Augen starrte das Tier den Jäger an. Arne stieg vom Pferd, richtete den Spieß auf den Gegner, das Ende der Waffe fest gegen den Boden gedrückt, wartete er auf den Angriff. Der Angriff geschah in einer plötzlichen Entladung fürchterlicher Wut. Aber nicht gegen Arne, sondern gegen sein Pferd, das die Gefahr gespürt hatte und schreckerfüllt floh. Die beiden Tiere verschwanden im Wald. Bevor Arne sein Pferd suchen konnte, mußte er sich erst um den Keiler kümmern. Ein Rascheln im Unterholz weckte seine Aufmerksamkeit. Vorsichtig schlich er näher, folgte dem Knacken der Zweige.

Das Wildschwein war das gefährlichste Tier im ganzen Forst, Arnes Sinne waren aufs äußerste gespannt. So sah er noch rechzeitig die wilde Gestalt zwischen den Zweigen, die zum Sprung angesetzt hatte. Arne erhob drohend den Spieß, mit einem Schreckensschrei zog sich der wilde Mann im Baum zurück. Er war nicht das einzige seltsame Wesen. Aus dem Unterholz trat eine häßliche Hexe hervor, schrill gackernd: „Beinahe hätten wir dich gehabt, hübscher Junge, und all deine feinen Sachen wären unser gewesen." Der wilde Mann hüpfte vom Baum, aber seine Wildheit war gewichen, er wimmerte.

Die Alte tröstete ihn: „Ruhig, mein Kindchen. Komm in die Höhle, Mama gibt dir deine Medizin, dann geht es dir wieder gut.“ Sie führte ihren verrückten Sohn hinweg, drehte sich um. „Komm, hübscher Junge. Ich werde dir Essen und Trinken geben. Du tust uns kein Leid, so fügen wir dir auch keines zu.“ Die Höhle war schmutzig, aber das Wasser war rein, der Eintopf schmeckte köstlich. „Hier, Kindchen“, plapperte die Alte zu ihrem Sohn, „nimm deine Medizin, dann kannst du wieder deiner Mama schöne Sachen holen. Die Jagdzeit ist unsere Erntezeit.“ Der Wilde trank brav seinen Becher leer, saß still, dann veränderte sich ein Gesicht, wilder Glanz strahlte aus einen Augen. Er starrte mit solchem Haß auf Arne, daß dieser Spieß und Jagdmesser fest faßte.

„Da geht er. Welch ein braves Kind, das immer seiner Mutter schöne Geschenke bringt. Schau.“ Sie öffnete einen Vorhang, dahinter häufte sich reichhaltige Beute. Arne sah neben einem kostbaren Mantel eines reichen Kaufmanns den geflickten Umhang eines Bauern, Schuhe, Gürtel, Rüstungen, Helme, Waffen und Werkzeuge. „Welche Medizin habt Ihr Eurem Sohn gegeben?“ fragte Arne. „Einen Sud, den ich von meinem Mann kennengelernt habe. Er war der Skalde einer Wikingerhorde, braute ihn aus geheimnisvollen Pilzen, verabreichte ihn den Kriegern. Als Berserker hörten sie nie auf zu kämpfen — außer als Sieger.“

In der Abenddämmerung kehrte der wilde Mann, das Kindchen der Alten, heim. Er schleppte einen der königlichen Jagdhunde mit, einen Umhang, einen Waffengürtel und einen Spieß. Arne erkannte, daß diese Dinge einem der Treiber gehört hatten. Und alles war blutbefleckt. Die Nacht brach heran. Wie die Höhlenbewohner legte sich Arne nieder. Er hatte seinen rubinverzierten Dolch in den Boden gesteckt, der Edelstein funkelte im Schein des Feuers. „Hütet euch vor heimtückischen Anschlägen gegen mich“, warnte Arne, „das rote Zauberauge bewacht euch.“ Dann schlief er friedvoll ein. Arnes Eltern fanden in dieser Nacht keinen Schlaf. Arnes Pferd war ohne Reiter zurückgekehrt. Zuerst war ein Hund vermißt worden, dann ein Treiber, nun Arne.

In tiefer Bewußtlosigkeit lag der wilde Mann in der Ecke. Seine Arbeit hatte ihn erschöpft, und die alte Hexe hatte ihrem Kindchen eine Überdosis des Kraftgetränkes verabreicht. Das kümmerte die Alte nicht, sie hatte nun andere Absichten. Prinz Arne war so jung und so stark, sie gab ihm den Zaubertrank in dem Eintopf. Zuerst war ihm schwindlig und übel, dann wuchsen ihm Kräfte zu, die er vorher nicht gekannt hatte. Er wollte im Sturmschritt losrennen, kämpfen. Er hörte der Hexe Stimme: „Geh und hol mir Geschenke! Du haßt die Jäger. Geh, nimm ihnen alles weg!" Arne erhob sich, das Feuer des Irrsinns leuchtete in seinen Augen. „Du schmutziges Scheusal!" zischte er. „Nein! Nicht doch!" schrie die Alte, hob abwehrend ihre Klauen, „wir sind deine Freunde."

Prinz Eisenherz und Aleta durchstreiften den Wald auf der Suche nach Arne. Endlich fanden sie ihn. Er stammelte verwirrt und betäubt daher, aus einer Wunde an der Seite blutend, in der Hand eine Streitaxt krampfhaft festhaltend. „Ach Mutter, ich fühle mich fürchterlich. Mir wurde eine Droge verabreicht, die Männer in den Wahnsinn treibt. Und ich weiß nicht, welche schrecklichen Taten ich unter dieser Wirkung verübt habe."

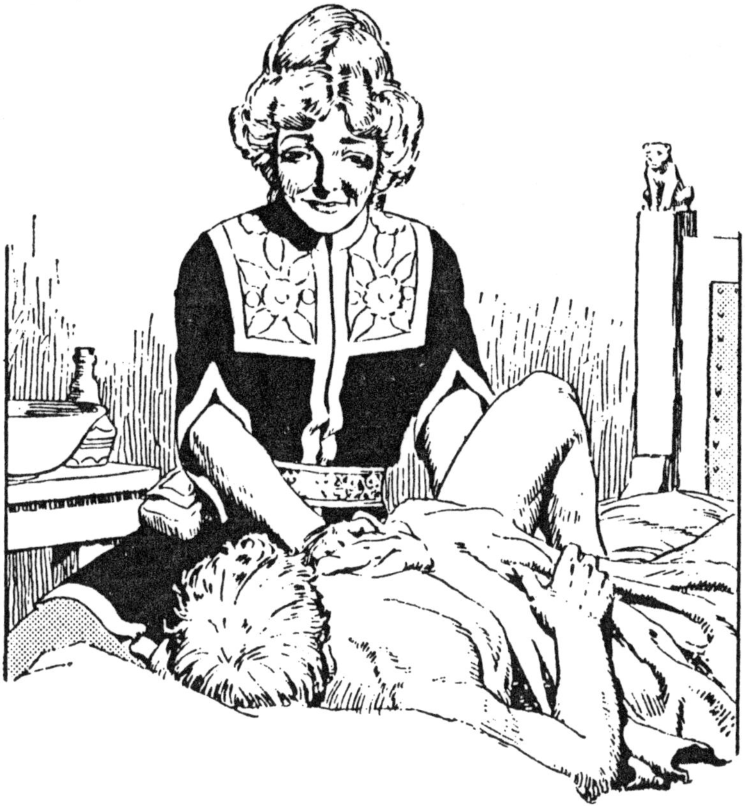

Aleta ritt mit ihrem Sohn zurück, verband seine Wunde. Sie konnte ihn trösten: niemand werde vermißt. Mit Hilfe der Hunde hatte Eisenherz den Unterschlupf bald gefunden. Mit einem Blick sah er, was hier geschehen war. Die Anhäufung der Geschenke zeugte von den vielen Morden, die das Kindchen der Alten sich zuschulden hatte kommen lassen. Eisenherz wandte sich mit Grausen ab. Er schleppte trockenes Holz herbei, warf es in die Höhle, häufte es davor auf. Die Flammen verbrannten lodernd eine Brutstätte des Bösen.

Die große Jagd neigte sich ihrem Ende. Der Ertrag war reich ausgefallen, es würde für alle genug Fleisch im kommenden Winter geben. Die königlichen Jäger und die Schreiber hatten die ganze Nacht zu arbeiten, um sicherzustellen, daß jede Ansiedlung und jeder Jagdgast einen gerechten Anteil bekam. König Arthur hatte drei unbeschwerte Wochen genossen, weit entfernt von den Staatsgeschäften. Es war nur noch eine kleine Gruppe, die zum langen Weg nach Camelot aufbrach. Nur die begeisterten Jäger hatten es bis zum Schluß ausgehalten. Es war eine zufriedene und fröhliche Gesellschaft, aber je mehr sie sich Camelot näherten, desto mehr fiel der König in grüblerisches Schweigen. Welche Sorgen mochten auf ihn warten?

König Arthur mußte nicht lange warten. In Camelot angekommen, kaum vom Pferd gestiegen, kam schon Mordred angestürmt und schrie ihn an: „Mein Bruder Gawain wird im Lande Dathram von Balda Han gefangengehalten! Ein Sklave, für den Lösegeld gefordert wird! Ich verlange eine Flotte von vielen Schiffen, eine große Armee, ihn zu retten. Ihr seid sein Onkel, es ist Eure Pflicht, diese Forderung zu erfüllen. Ich werde die Streitmacht befehligen, Vergeltung üben für dieses unerhörte Verbrechen!“

Der Bote, der die Lösegeldforderung überbracht hatte, wurde herbeigerufen. „Ja, es ist wahr, ich wurde zusammen mit Sir Gawain als Sklave gefangengehalten. Ich wurde freigelassen, um diese Botschaft herzubringen. Als ich aufbrach, lebte Sir Gawain noch, aber das war schon vor vielen Monaten. Und die Sklaven von Balda Han leben nicht sehr lange." „Prinz Eisenherz", fragte König Arthur, „habt Ihr auf Euren abenteuerlichen Reisen jemals das Land von Dathram besucht?" „Ja, Majestät. Dathram hat einen befestigten Hafen, von wo die Piraten das Meer unsicher machen, Waren erbeuten und Menschen versklaven. Balda Hans Stadt aber liegt in den Bergen von Dag, jenseits einer heißen Wüste, die schon manche Armee unter ihrem Sand begraben hat. Nur wenige Karawanenführer kennen die schwierigen Wege durch diese Wüste."

Prinz Eisenherz ließ den König mit seinen Sorgen allein, eilte nach Hause, die Familie wiederzusehen. Er fand Aleta, die ganz Königin war. Vor ihr die Gesandten ihres Königreichs auf den Nebelinseln. Sie legten ihr den Jahresbericht vor, und sie gaben ihr den Rat, mit ihnen auf die Nebelinseln zurückzukehren. „O Eisenherz, gib mir einen guten Rat.“ Der Prinz grinste: „Die oberste Pflicht einer Majestät ist es, ihrem Volk zu dienen. Du hast erwartet, daß ich das sage?“ „Ja“, lächelte sie, „du sagst immer das, was ich hören will. Und deshalb liebe ich dich!“

Prinz Eisenherz suchte König Arthur auf. „Mit Eurer Erlaubnis, Majestät, werde ich zu den Nebelinseln segeln. Auf dem Wege dorthin kommen ich in die Nähe von Dathram, wo Balda Han gegen ein Lösegeld Sir Gawain in Sklaverei hält. Ich werde meine Reise unterbrechen und sehen, was ich für seine Freilassung unternehmen kann."

Zu Hause erzählte Eisenherz: „Der König hat mir Urlaub gegeben, dich zu begleiten. Unterwegs habe ich noch eine Kleinigkeit zu erledigen."

Die Winterstürme waren schon aufgekommen, die Seereise war rauh. Die Winde bliesen aus Nord und West, so passierten nach wenigen Wochen Aleta und Prinz Eisenherz die nebelumhüllten Säulen des Herakles, segelten bei Gibraltar ins Mittelmeer, neuen Abenteuern entgegen.

Der Sklavenaufstand

Auf dem Ozean gab es keinen Feind — außer dem stürmischen Wasser selbst. Im Mittelmeer gab es viele Feinde. Piraten plagten mit ihren Überfällen die Reisenden auf den Schiffen und die Einwohner der Hafenstädte. Zum Schutze ihrer Königin Aleta hatten die Nebelinseln eine kleine Flotte ausgesandt, sie sicher in die Heimat zu geleiten. Als die Schiffe am Horizont sichtbar wurden, erläuterte Prinz Eisenherz seiner Familie den Plan, den er verfolgte . . .

Auf einem der kleineren Schiffe von den Nebelinseln wollte er nach Dathram segeln und dort die Vorkehrungen treffen, um Sir Gawain auszulösen — wenn er noch am Leben sein sollte. Nach Erledigung seiner Mission wollte er zu den Nebelinseln kommen, um seine Lieben wieder zu treffen. — Nun näherte sich Eisenherz dem Hafen von Dathram. Kein Gelächter, kein Gesang erscholl herüber. Diese Stadt ohne Seele war ein großer Sklavenmarkt, ein Ort des Elends und Verzweiflung. Das Schiff glitt in den Hafen.

Prinz Eisenherz' Begleiter führte ihn zum Palast des Gouverneurs. Der gerissene Beamte warf erst abschätzende Blicke auf den juwelenbesetzten Schwertgriff, die Halskette und die Armbänder aus Gold, ehe er seinem Besucher antwortete: „Eine Karawane wird morgen die Stadt verlassen, um die Schätze feindlicher Städte zu unserem ruhmreichen obersten Führer Balda Han, Herrscher über ganz Dathram, zu bringen. Ihr könnt Euch anschließen."

Prinz Eisenherz und sein Begleiter hatten Pferde erhalten. Nun nahm die Karawane ihren Weg durch die erbarmungslose Wüste, die unter einer stechenden Sonne lag. In der Nachhut, gequält vom aufgewirbelten Staub, die Sklaven, Menschen ohne Hoffnung. In ihr Schweigen mischte sich nur das Rasseln der Ketten, das Klatschen der Peitschen, das Schluchzen der Pein.

Der Gouverneur, der auf geheimen Pfaden die Karawane durch die Wüste führte, erwog: „Dieser Ritter von König Arthurs Hof besitzt Gold und Juwelen. Vielleicht trägt er auch das Lösegeld bei sich. Das alles könnte mein sein."

Prinz Eisenherz, der die frischen und kühlen Winde Thules und Britanniens gewöhnt war, erduldete die gräßliche Sonnenglut. Gegen Mittag wurden die Zelte aufgeschlagen und eine Rast eingelegt. Vor der brennenden Hitze und dem Flugsand fanden die Reisenden Schutz. Vom Nachmittag bis zum Einbruch der Dunkelheit zog die Karawane weiter. Der Gouverneur lud Eisenherz ein, sein Abendmahl mit ihm zu teilen. Es geschah weniger aus Gastfreundschaft, er wollte die Reichtümer seines Gastes noch einmal abschätzen. Er starrte auf die Edelsteine und das Gold. Befriedigt stellte er fest, daß die kostbaren Steine auf dem Griff des Singenden Schwertes echt waren. Und das Gold der Ketten und Armbänder war rein und gediegen. Die Gier des Gouverneurs wuchs. Ungeduldig wartete er, daß sich sein Gast zur Nacht zurückzog . . .

. . . und konnte endlich drei Männern, die in der Kunst des Menschenraubes und des Mordens Meister waren, Befehle erteilen. In der Stunde vor der Morgendämmerung vollbrachten sie ihre schändliche Tat in aller Stille. Prinz Eisenherz wurde gefesselt, sein Besitz geplündert, alle Wertsachen wurden dem Gouverneur ausgehändigt.

Die Schurken schleppten ihren Gefangenen vor den Gouverneur. „Wo ist das Lösegeld?“ verlangte er zu wissen. „Denkt Ihr, ich würde es mitten in Eure Räuberhöhle tragen?“ antwortete Eisenherz, „das Lösegeld wird auf einem schwerbewaffneten Schiff gebracht und erst übergeben, wenn Sir Gawain sicher an Bord sein wird.“

Der heiße Wüstenwind blies unaufhörlich, der Flugsand drang in die Augen, die Nase und den trockenen Mund, die ausgedörrten Lippen platzten auf. Die Peitschen knallten unerbittlich auf die Sklaven, die schmerzgepeinigt aufschrien. Aber Prinz Eisenherz hielt sich stolz auf-

recht, wankte vorwärts auf blasenbedeckten Füßen. In seinem Herzen wuchs ein heißer Haß. Auch dieser schreckliche Tag ging zu Ende, in der Kühle der Nacht fanden die Sklaven Rast und Ruhe. Prinz Eisenherz schwor sich: Sir Gawain muß gerettet, das Singende Schwert wieder erworben werden! Und die Schmach des Auspeitschens muß gerächt werden!

Am nächsten Tag senkte Eisenherz sein Haupt, er schlurfte durch die Wüste wie die anderen Sklaven. Erschöpfung, Durst, Sonnenbrand nahmen ihm seinen Stolz. Am Tag drauf näherte sich die Karawane einer Landsenke, an der tiefsten Stelle . . . ein See! Vor Freude jubelten die geplagten Sklaven, die Aufseher aber konnten kaum ein Gelächter unterdrücken. Sie erlaubten den Gefangenen, zu dem staubbedeckten Gewässer zu laufen, die Gesichter in das Naß zu tauchen. Enttäuscht und voller Abscheu erhoben sie sich, spuckten das Wasser aus. Die Aufseher lachten laut schallend. Das Wasser war Salzwasser.

In den Felsen oberhalb des Salzsees entsprang eine Quelle, hier füllte die Karawane ihren Vorrat an Trinkwasser auf. Dunkel war es schon, als diese Arbeit beendet war. Jetzt durften die Sklaven ihren Durst stillen.

Durst, Hitze, Erschöpfung forderten ihre Opfer. Prinz Eisenherz hatte jegliches Zeitgefühl verloren. Aber es gab Hoffnung. Am Horizont zeichnete sich schwach die Linie einer Bergkette ab. Die Berge von Dag! Ach, wenn doch von diesen fernen Bergen eine kühle Brise wehte! Nach einem endlos lange scheinenden Marsch schlängelte sich der Weg ins Gebirge.

Das erste Grün am Wegesrand, dann Bäume, Gärten. Eine Stadt erhob sich, ihre Türme und Kuppeln glänzten weiß im Sonnenlicht. Bronzetore öffneten sich, die Karawane zog in Balda Hans Hochburg ein. Die Sklaven mußten vor dem Aufseher vorbeimarschieren. Alle, die ihren Kopf erhoben hielten, alle, die sich durch Narben oder Muskeln als Krieger bewiesen, wurden ausgesondert. Diese hatten zu viel Kraft oder waren ungebrochenen Geistes, sie wären keine guten Sklaven gewesen. Um ihre Stärke zu brechen, wurden sie entkleidet an Pfähle gefesselt. In der glühenden Sonne brannte Prinz Eisenherz' blasse Haut, verfärbte sich feuerrot. Blasen blähten sich auf seinem Rücken. Die zu üblen Streichen aufgelegten Wachen brachten die Blasen mit Peitschenschlägen zum Platzen.

Ein Tag der Qualen ging zu Ende, die Feldarbeiter zogen singend in die Stadt Das Lied, das sie singen mußten, war das Skavenlied. So wurde verhindert, daß sie miteinander flüstern konnten. Der letzte des Zuges sang in keltischer Sprache:

„Verstell dich, heb flehend die Hände,
Dann hat deine Pein bald ein Ende.
Winsel und jammer, spar deine Kraft,
Wir woll'n uns befrei'n aus dieser Haft.
Und meint es das Schicksal mit uns gut,
Liegt bald der Tyrann in seinem Blut."

Der Sänger hinkte, ein Arm hing kraftlos herab. Diese breiten Schultern und muskulösen Beine — Sir Gawain! Prinz Eisenherz heuchelte, er wimmerte und jammerte um Gnade, schrie in Schmerz und Verzweiflung. Der Aufseher freute sich, dieser Sklave war nun gefügig, konnte losgebunden werden.

In der Nacht fanden sich Gawain und Eisenherz wieder. „Bist du verletzt, verkrüppelt?“ fragte der Prinz. „Nein“, flüsterte Gawain, „ich verstelle mich nur, um der tödlichen Schwerarbeit im Steinbruch zu entgehen.“ „Ich bin auch krank“, grinste Eisenherz und probte einen schrecklichen Husten, „der Wüstensand hat mich lungenkrank gemacht.“ „Die Sklaven sind in der Überzahl, auf eine Wache kommen zehn Sklaven, aber sie sind ohne Hoffnung. Wenn wir nur einige Waffen hätten . . .“Am nächsten Tag wurde Eisenherz, der überzeugend hustete, zur gleichen Arbeitsgruppe wie Gawain befohlen. Er war jetzt einer der namenlosen Sklaven, die nur der Tod befreien konnte. Aber in dieses Schicksal fügte er sich nicht. Zusammen mit tausend anderen Sklaven schuftete er unter einer erbarmungslosen Sonne, um den Wunsch der Lieblingsfrau Balda Hans zu erfüllen, die einen großen Garten mit einem Wasserfall haben wollte. Eisenherz blickte sich um, keiner der Aufseher schaute her. „Nicht hier graben, Gawain, hier ist ein Mauerwerk“, flüsterte er, „das wollen wir untersuchen.“

Wieder ein Tag zu Ende. Die Sklaven sangen das trostlose Sklavenlied, als sie sich zu ihren Verliesen schleppten. Prinz Eisenherz hatte unterhalb des Abhanges ein Loch gegraben, in das er sich warf. Gawain bedeckte ihn schnell mit Geröll. Als die Aufseher außer Sicht waren, brach Eisenherz einen Stein aus dem Mauerwerk, griff hinein. Eine Grabkammer! Zuerst förderte er einen alten Totenkopf zu Tage. Der reichverzierte Helm wies seinen ehemaligen Träger als einen ruhmvollen Krieger aus. Eisenherz forschte weiter . . .

. . . und hielt ein mächtiges Schwert in Händen. Die Bronzeklinge war altersgrün, aber ohne Fehler, die Schneide scharf. „Du Held längst vergangener Zeiten, ich habe deinen Schlaf gestört. Aber dein gewaltiges Schwert hat erst noch zu arbeiten, bis ich es dir wieder geben kann." Eisenherz eilte zur Stadt, huschte als letzter durchs Tor. Im Verlies flüsterte er: „Ich habe ein Schwert gefunden und es versteckt. Jetzt ist Hoffnung. Wir werden Balda Han und seine üble Stadt vernichten." — Die Tage des Elends folgten einander. Aber jetzt stellten Eisenherz und Gawain den Sklaven die Frage: „Würdet ihr für die Freiheit kämpfen, wenn ihr Waffen hättet?" Diese Botschaft breitete sich aus. Sogar in den Steinbrüchen, wo Plage und Schinderei so schrecklich waren, daß die Geier hier saßen und warteten. Sie mußten nie lange warten. Auch in den Steinbrüchen glomm der Funke der Hoffnung.

Wieder hatte eine Karawane die Wüste durchquert. Der Gouverneur brachte von der Küste reiche Beute. Er war sehr zufrieden, er trug das Singende Schwert und den Goldschmuck, die er Prinz Eisenherz geraubt hatte. Er war der Hoffnung, daß sein Mühen sich lohnte. Nun saß er bei seinem Herrn Balda Han, der bemerkte: „Es ist schon viele Monate her, seit wir einen Boten zu König Arthur um Lösegeld für Sir Gawain geschickt haben. Habt Ihr nichts von ihm gehört?“ „Nein, Herr“, sprach der verschlagen dreinblickende Gouverneur, „Ihr kennt doch diese kalten Könige des Nordens. Sie nehmen keine Kenntnis von Eurer höflichen Anfrage.“

Jetzt war die Zeit gekommen. Prinz Eisenherz hatte die Peitsche zu spüren bekommen. Sein Gesicht glühte vor Kampfeslust, als er das große Schwert aus dem Versteck holte. Gegen Ende des Tages zogen sich die Offiziere der Wachmannschaft zurück, um den Schatten zu genießen, Erfrischungen zu sich zu nehmen. Und die Wachen, nicht mehr beaufsichtigt, suchten sich ein Plätzchen, wo sie von der Sonnenglut geschützt dem Würfelspiel frönen konnten. Von dem Schwert des lange dahin gegangenen Kriegers hing jetzt das Schicksal Balda Hans und seines bösen Reiches ab. Prinz Eisenherz wog die Waffe in der Hand, machte

sich mit ihrem Gewicht vertraut, wußte sie bald geschickt zu führen. Es war eine tüchtige Klinge, die noch eine Schlacht zu bestehen hatte. Näher und näher schlichen Eisenherz und Gawain . . .

. . . den Wachen, die vergnügt ihrem Würfelspiel huldigten. Keiner dieser Aufseher hatte jemals einen Gedanken daran verschwendet, daß die geschundenen Sklaven sich erheben könnten. Durch ein faules Leben verwöhnt, hatten sie sich das Kämpfen schon längst abgewöhnt. Maulhelden und Memmen, die sie waren, versuchten sie ihr erbärmliches Leben in der Flucht zu retten, leisteten kaum Widerstand. Prinz Eisenherz und Gawain wüteten in ihrem großen Zorn unter diesen Menschenschindern, von denen keiner entkam, Alarm zu schlagen. Die erbeuteten Waffen wurden unter den mutigsten Sklaven verteilt, die darauf brannten, sie zu benutzen, Rache zu üben für alle erlittene Qual und Pein.

Jetzt hatten die Sklaven einen Anführer, die Hoffnungen wuchsen, die Freiheit winkte. Sie ergriffen ihre Schaufeln, Hacken und Hämmer, und so, wie sie es immer getan hatten, zogen sie in geordnetem Zug zur Stadt, sangen wie immer das Sklavenlied. Die Wachen am Stadttor merkten nichts, faul und bequem lungerten sie herum und gähnten.

Schlagartig wurden die Wachen überwältigt. Noch hatten Prinz Eisenherz und Gawain das Kommando. Doch nach der Erstürmung des Waffenarsenals hörte niemand mehr auf ihre Befehle. Jetzt begann eine wilde, wütende Raserei. Die Sklaven tobten durch die Stadt, ließen ihrer Rachsucht freien Lauf. Sie waren geschunden und mißhandelt worden, die Sklaverei hatte sie ihrer Menschlichkeit beraubt. Nun nahmen sie fürchterliche Rache, handelten nicht anders als die Kreaturen des Tyrannen. Sie meuchelten und plünderten.

In seinem luxuriösen Palast hörte Balda Han den Aufruhr, befahl seinem Diener, für Ruhe zu sorgen. Er wollte ein kleines Schläfchen halten. Daß seine Stadt schon in Flammen stand, wußte er noch nicht. Balda Han fühlte sich sicher in seiner Stadt, dieser von Türmen, Kuppeln und Gärten verzierten Festung, zu der nur wenige Kundige den Weg finden konnten. Die glühende Wüste schützte die Stadt von außen. Und von innen konnte keine Gefahr drohen. Die Sklaven mußten den ganzen Tag hart arbeiten, die bewaffneten Wachen ließen eine Erhebung der Geschundenen nicht zu. So dachte Balda Han.

Aber Balda Hans Stadt stand in Flammen. „Wir bleiben Gefangene“, gab Prinz Eisenherz zu bedenken, „die Wüste hält uns hier solange fest, bis wir einen Führer gefunden haben, der den Weg durch den heißen Sand kennt.“ „Eine Karawane unter der Leitung des Gouverneurs ist eingetroffen“, sagte Gawain, „wir müssen ihn finden.“ Zusammen mit einigen besonnenen und bewaffneten früheren Sklaven kämpften sich die beiden durch die randalierende Menge. Die Palastwache leistete nur geringen Widerstand. Unter einem Berg von Kissen wurde der Gouverneur gefunden. Gern gab er das Singende Schwert zurück. Zu seinem Schutz wurde der Schuft in Lumpen gekleidet und eingeschlossen. So war gewährleistet, daß der Führer durch die Wüste nicht von den rachdurstigen Sklaven erschlagen werden konnte.

Das Schicksal des Tyrannen Balda Han erfüllte sich auf eine schnelle und schreckliche Weise. Er wurde von seinem Thron gezerrt und der zornigen Menge übergeben. Drei Tage und drei Nächte lang stillten die befreiten Sklaven ihren Haß auf die verfluchte Stadt, sie plünderten und brandschatzten. Als ihr Zorn verraucht war, erinnerten sie sich der Wüste und ihrer Schrecken. Würden sie im brennenden Sand umkommen? Oder würden sie in der Stadt den Hungertod erleiden?

Die Sklaven, befreit von der Tyrannei, hatten an ihren Herren blutige Rache genommen. Jetzt galt ihre Aufmerksamkeit und ihr Streben nur den Reichtümern der Stadt. Die meisten hatten ein Leben lang nichts besessen, ihre Besitzgier ließ sie unermeßliche Mengen zusammenraffen. Zwanzig Karawanen hätten nicht ausgereicht, alle Schätze aus der Stadt durch die Wüste zu schleppen.

Treu seinem Gelöbnis gegenüber dem Geist des toten Helden, brachte Prinz Eisenherz das mächtige Schwert zurück zur Gruft. Er übergab es dem Krieger, der vor undenklichen Zeiten mit dieser Waffe Schlachten geschlagen hatte. Der Stein wurde in die Mauer des Grabes eingefügt, das Grab mit Erde bedeckt. Nun konnte der Krieger bis in alle Ewigkeit ruhen.

Prinz Eisenherz versammelte die stolzen Kameltreiber und sprach mit ihnen. Sie folgten seinem Vorschlag und führten die Tiere hinaus vor die Stadt, sie so vor der beutegierigen und zügellosen Menge in Sicherheit bringend.

Auf der Suche nach Sir Gawain betrat Eisenherz die zerstörte Stadt. In der Nähe des rauchenden Palastes traf er den Freund. Und er war überrascht über Gawain, obwohl er den galanten Ritter Gawain sehr gut kannte . . .

Sir Gawain hatte sich von der Beutegier anstecken lassen. „Das sind Balda Hans Tanzmädchen. Und wie du siehst, Eisenherz, sind sie zu kostbar, zurückgelassen zu werden.“ Auch die ehemaligen Sklaven wollten nichts zurück lassen. Sie hockten hilflos auf ihren zusammengerafften Schätzen. Ihnen war nie erlaubt worden, Entscheidungen zu treffen, sie kannten nur das Befolgen von Befehlen. Prinz Eisenherz befürchtete, daß sie, sollten sie den Marsch durch die Wüste überleben, wieder in Sklaverei fallen könnten.

Aber Gawain hatte nicht nur junge Tänzerinnen um sich versammelt. Auch die Männer, die sich als tapfere Kämpfer für die Freiheit erwiesen hatten. Es waren die Männer, die nicht an der Sklaverei zerbrochen waren, die sich vom Reichtum nicht hatten verführen lassen. Gawain befehligte nun eine bewaffnete Truppe. — In der ausgebrannten Stadt gab es keine Lebensmittelvorräte mehr. Die Durchquerung der Wüste mußte in Angriff genommen werden. Der Gouverneur wurde aus seinem Versteck geholt. Nur er kannte den Weg von Oase zu Oase, der an keinen Spuren abzulesen war.

Prinz Eisenherz war der Anführer des Sklavenaufstandes gewesen. Viele waren im Kampf um die Freiheit gefallen. Wie viele mochten dem heißen Fieberatem der Wüste zum Opfer fallen? „Wir brechen in der Morgendämmerung auf. Die Kamele können keine zusätzlichen Lasten tragen. Also laßt den ganzen Plunder aus der Plünderung liegen. Gold und Juwelen könnt ihr mitnehmen, auf jeden Fall einen Krug Wasser.“ Die meisten blickten ihn verständnislos an, sie hingen an ihren Schätzen, den einzigen Besitztümern, die sie je errungen hatten.

Zur größten Mittagshitze schlugen die Kameltreiber ihre Zelte auf, flohen in den Schatten. Jetzt erwies sich, wie klug Gawain seine Beute aus dem Besitz des Balda Han gewählt hatte. Und wie er seine Beute genoß, war offensichtlich. Alle beneideten ihn. Als es Zeit zum Aufbruch wurde, taumelten die Nachzügler ins Lager. Längst hatten sie ihren Wasservorrat verbraucht. Wenn unterwegs einer einen Teil seiner Last abgeworfen hatte, griff ein anderer gierig danach und vermehrte damit seine drückende Bürde. Zwei Tage dauerte es, die erste Oase zu erreichen. Von einem Felsturm aus blickte Eisenherz auf die Reihe der Nachzügler. „Die Wüste fordert ihren Tribut. Aber wir müssen so viele retten wie möglich. Den Hafen von Dathram haben wir noch zu bezwingen und einzunehmen."

Während der ganzen Nacht und den nächsten Tag lang wurde Wasser ausgeteilt, die Strecke zurück wurde das Wasser ausgetragen, bis dorthin, wo eine Wolke von Geiern davon kündete, daß alle Hilfe zu spät kam. Von dort bis zur zerstörten Stadt zeugten nur noch gebleichte Knochen von den bedauernswerten Menschen, die sich durch die Wüste geschleppt hatten.

Die Geretteten torkelten vorwärts, hingen verzweifelt an ihrem neuen Besitz, unter dessen Bürde sie wieder zusammenbrachen. „Sklaven“, stellte Eisenherz fest, „Sklaven, die nicht selbständig denken und handeln können, die es gewöhnt sind, Befehle auszuführen.“ Er befahl: „Laßt eure Lasten fallen! Tragt nur das Wasser und eure Waffen! Hebt den Kopf und marschiert! Ihr seid keine Sklaven, ihr seid freie Männer!“

Wenn sie nur Befehlen folgen konnten, sollten sie welche erhalten! Einige Tage harten Drills lehrte die Männer, Prinz Eisenherz als ihren Befehlshaber anzuerkennen. In den bitteren Jahren der qualvollen Sklaverei hatten sie gelernt, Bewaffnete zu fürchten. Nun trugen sie selber Waffen. Die Karawane zog weiter. Jetzt gab es keine Nachzügler mehr, Prinz Eisenherz sorgte für Ordnung. Die Wüste, als wäre sie wütend über den Betrug ihrer vermeintlichen Opfer, rächte sich mit Hitze, Durst, Sandstürmen.

Eines Nachts, die Sterne glitzerten hoch am Firmament, im Lager war es still, bemerkte Eisenherz am Horizont ein mattes Leuchten im Nordwesten, von weither war schwach ein Glockenklang zu hören. „Der Hafen von Dathram“, erklärte Gawain, „morgen werden wir ihn eingenommen haben — oder tot sein.“ Ihr Führer durch die Wüste, der Gouverneur der Hafenstadt, wurde geweckt, ihm wurde gesagt, was er zu tun hätte, damit sie die Stadttore durchschreiten konnten. Der Gouverneur erbleichte, krümmte sich, verweigerte seine Hilfe. „Ich habe gesehen, wie furchtbar Balda Hans Stadt geplündert und zerstört wurde. Ich kann Dathram nicht einem solchen Schicksal ausliefern. Meine Frau und meine Söhne leben dort!“ Prinz Eisenherz ergrimmte: „Treib kein Spiel mit mir! Du hast mir mein Schwert genommen, meinen Namen, und du hast mich als Sklave verkauft.“ „Ich habe Euren Zorn verdient“, wimmerte der Gouverneur, „aber ich kann meine Stadt nicht verraten!“ Er hatte erlebt, wie diese Krieger aus dem Norden Balda Han gestürzt, seine befestigte Stadt zerstört hatten. So unterbreitete er einen Plan, die Stadt vor dem Untergang zu bewahren.

Im Zwielicht näherte sich die Karawane der Stadt, der Gouverneur gab den Torwächtern das Zeichen, die großen eisenbeschlagenen Stadttore zu öffnen. Die lange Karawane wand sich durch die Straßen zum weiten Marktplatz, wie es immer geschah. Und niemand schenkte den vielzähligen fremden Kriegern Beachtung. Keiner schöpfte Verdacht. Der Gouverneur rief unverzüglich die Stadtwachen herbei, willig folgten sie. Es gab das Gerücht, sie würden eine Lohnnachzahlung erhalten. Einer nach dem andern wurde in das Arsenal befohlen. Und dort entwaffnet. Am Abend war die gesamte Besatzung gefangen gesetzt.

Die Waffen der Stadtwachen wurden auf dem Marktplatz aufgehäuft, an die Sklaven, Arbeiter und Besitzlosen ausgeteilt. Prinz Eisenherz vertraute seiner Armee befreiter Sklaven. An der Spitze seiner Truppe beobachtete er die Verteilung der Waffen, und seine Soldaten, die einzige bewaffnete Ordnungsmacht innerhalb der Stadtmauern von Dathram, erwarteten ruhig seine Befehle.

Und was taten die Bewohner der dunklen, armen Straßen? Das, was Prinz Eisenherz erwartet hatte. Sie rotteten sich zusammen, fuchtelten mit ihren Waffen herum. Es gab keine Wachen, sie im Zaum zu halten, ihren Zorn zu zügeln. Sie begannen zu rauben und zu brennen. Die Alarmglocken läuteten durch die Stadt.

Das Getöse des Aufruhrs näherte sich der Innenstadt. Rauchwolken stiegen zum Himmel, Prinz Eisenherz befahl seiner Truppe, Aufstellung zu nehmen, Gawain übernahm das Kommando.

Mit gezogenen Waffen beschränkte die Truppe den Aufruhr auf das Elendsviertel am Hafen. In den Palästen der reichen Handelsherren und oberen Regierungsbeamten herrschte Aufregung. In den Straßen keine bewaffneten Streifen. Und die Sklaven, Diener und Arbeiter hatten die Macht.

Der Stadtrat wurde im Palast des Gouverneurs zusammengerufen. Die Würdenträger kamen angehastet, nur um schreckliche Nachrichten zu hören. Der Gouverneur berichtete ihnen: „Diese beiden Krieger aus dem Norden haben eine Armee befreiter Sklaven unter ihrem Befehl, sie haben schon den mächtigen Balda Han gestürzt und seine befestigte Stadt zerstört und geplündert.“

Prinz Eisenherz verkündete sein Ultimatum: „Eure Garnison ist vollständig entwaffnet und im Arsenal eingesperrt. Ich befehlige die einzige bewaffnete Truppe in dieser Stadt. Ihr werdet den Männern, die Ihr in die Sklaverei verkauft habt, Tribut zahlen. Oder ich werde ihnen erlauben, Eure Paläste zu plündern." Die edlen Herren und reichen Kaufleute wurden aufgerufen, einer nach dem anderen zahlte seinen Beitrag. Jeder versuchte zwar, seine Armut zu beteuern, aber der Gouverneur, versteckt hinter einem Wandschirm, flüsterte

Eisenherz zu, was jeder wert war. Dies schien ihm Vergnügen zu bereiten.

„Prinz Eisenherz, ich habe getan, was Ihr verlangt habt. Die Stadt ist in Eurer Hand. Ihr habt Euer Versprechen gehalten, sie nicht zu zerstören. Nun haltet Euer anderes Versprechen, mich und meine Familie frei und ungehindert ziehen zu lassen." So viele Wertsachen und Besitztümer, wie der ehemalige Gouverneur nur zusammenraffen konnte, ließ er auf ein Schiff schaffen. In Eile verließ er die Stadt, blieb ihm doch nicht verborgen, wie seine früheren Kumpane die Messer wetzten, wenn sie an ihn dachten.

Als Eroberer war Prinz Eisenherz auch ein Erneuerer der Gesetze: Gerechte Löhne für die Arbeiter und gerechte Steuern für alle. Eine Volksvertretung, in der Abgeordnete aller Gruppen zu beraten hätten. Eine Polizei, die Armen ebenso zu beschützen wie die Reichen. — So schuf er eine Verwaltung, die Wohlstand und Sicherheit für alle bedeuten konnte.

Mit Stolz blickte Prinz Eisenherz auf die Stadt, die nun wohlgeordnet war. Er hatte nur einen Tag gebraucht, einen Sklavenmarkt in eine Handelsstadt zu verwandeln. So wollen wir ihm das selbstgefällige Lächeln verzeihen. Schließlich hatte er, ein ehemaliger Sklave, zwei Städte bezwungen.

Prinz Eisenherz und Gawain setzten Segel, nahmen Kurs auf die Nebelinseln. Kaum war ihr Schiff außer Sicht, fingen die gerissenen Kaufleute an, das Volk wieder zu betrügen, die Politiker machten eine Steuerreform, die Reichen sparten und die Armen zahlten. In einigen Tagen war die Stadt wieder in den alten Zustand zurückgefallen. Und Prinz Eisenherz' Armee der befreiten Sklaven?

Sie hatten einen gerechten Anteil des Tributs erhalten. Aber woher sollten sie den Umgang mit Geld kennen? Es rann durch ihre Finger in wenigen Wochen des Wohllebens. Bei Speis und Trank, Tanz und Lust hatten sie ihre Waffen abgelegt. So konnten sie auch nicht ihren Anteil an der Macht verteidigen.

Prinz Eisenherz und Gawain segelten zu den Nebelinseln. Obwohl Gawains Anteil an der Beute aus Balda Hans Stadt vielleicht ein bißchen unanständig war, so diente er doch vorzüglich der Kurzweil.

Aleta sehnte ihren Mann herbei. Sie brauchte seine Kraft und seine Stärke. Ihr Königreich der Nebelinseln hatte sie in einer Lage wiedergefunden, die ihr Sorgen und Kummer machte. Aber ihr Volk freute sich daran, genoß diesen Zustand. Tag für Tag spazierte sie zur westlichen Spitze der Insel, wo sich der Tempel der Aphrodite erhob. Von hier schaute sie aufs Meer, um die Ankunft des Schiffes zu sehen. Endlich kam es übers blaue Wasser, ritt auf dem Schaum der Wellen. Aletas Herz zitterte vor Glückseligkeit. Als Prinz Eisenherz von Bord ging, erlebte er einen goldenen Blitz, einen Schrei des Entzückens, und ein wohlduftendes Bündel landete in seinen Armen. Das war wirklich nicht die feine Art, wie eine Königin ihren Prinzgemahl zu begrüßen hatte.

„Mein Königreich ist zum Reichtum verdammt. Der Wohlstand ist zur Bürde des Volkes geworden. Es lungert im Luxus. Die Trägheit ist eine Mode, das Vergnügen die wichtigste Tätigkeit. Komm, ich zeige dir einige Beispiele." „Wer ist das?" fragte Eisenherz, „irgendein fürstlicher General?" „Nein", mußte Aleta antworten, „nur ein einfacher Soldat. Unsere Offiziere schmücken sich wie Pfauen. Aber sie tanzen himmlisch!" Sie gelangten zu einem Bad, Aleta deutete hinunter: „Einst waren wir die besten Schwimmer der Welt. Jetzt liegen wir am Rande beheizter Bassins, die mit parfümiertem Wasser gefüllt sind. Da kommt Knosses, einer unserer größten Sportler, er wird mit uns zu Abend speisen. Und wenn er von seiner Kraft und seinem Können spricht, dann lach bitte nicht."

Vor drei Jahren war Prinz Eisenherz das letzte Mal auf den Nebelinseln gewesen, er erinnerte sich des einfachen und freien Lebens damals. Nun war er überrascht und auch ein bißchen enttäuscht. Sein Nachbar bei dem Bankett war Knosses. „Ich habe gehört,

Ihr seid ein berühmter Sportler, ein großer Läufer", wandte sich Eisenherz an ihn. „Ja, das stimmt", Knosses grinste selbstgefällig, „ich habe ein Vermögen dafür ausgegeben, aber es hat sich gelohnt, ich bin der Größte." „Der größte — Aufschneider!" warf Milthos auf der anderen Seite ein, „ich wette, daß du meinen Staub einatmen wirst, die ganze Stadionrunde lang . . . vorausgesetzt, du hältst so lange durch!"

Knosses erhob sich wütend: „Aus deinem großen Mund kommt mehr Schmutz als deine Füße aufwirbeln könnten . . . Verdreifache die Rennstrecke und verdreifache den Wetteinsatz! Wir treffen uns morgen im Stadion!“

„Ich kann's nicht glauben“, sagte ein verwirrter Eisenherz, „weder Knosses noch Milthos scheinen tauglich zu sein, etwas anstrengenderes zu verrichten, als einen Becher zu heben. Sie stöhnen und keuchen schon, wenn sie sich vom Sitz erheben müssen.“ „Worte von mir würden dir nur das Spektakel verderben“, meinte Aleta, „du wirst morgen sehen, warum ich um die Zukunft meines kleinen Königreichs besorgt bin.“

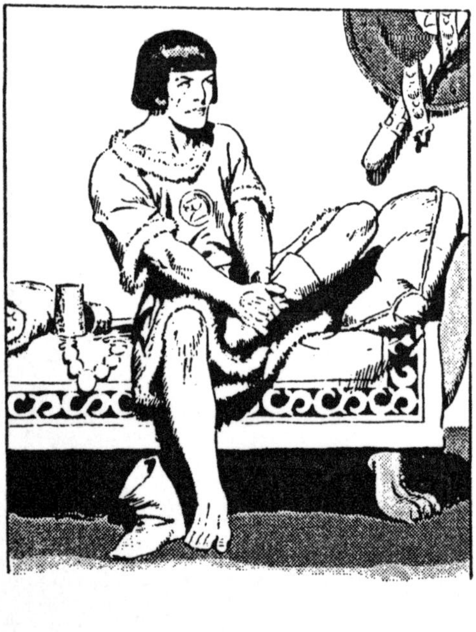

Die vornehmen Leute erhoben sich nicht vor Mittag aus ihren Betten, so fand der Wettkampf in der Kühle des Nachmittags statt. Aleta und Prinz Eisenherz schlossen sich dem Publikum an, das zum Stadion ging. Eisenherz blickte über die neue riesige Stätte und fragte sich, wie die beiden berühmten Sportler, so fett und von Ausschweifungen gezeichnet, hier laufen wollten. Und das über drei Runden. Knosses kam auf die Wettbahn — getragen von acht kraftvollen Nubiern. Er hob seine Peitsche, die Königin der Nebelinseln zu grüßen. Milthos folgte, seine Mannschaft bestand aus muskulösen Germanen. So hatte sich das Rätsel für Eisenherz gelöst. Die reichen Sportler hatten ihre Männer, die für sie in den Wettkampf zogen. Prinz Eisenherz wußte nicht, ob er sich amüsieren oder zornig werden sollte. Er blickte in das große Rund des Stadions. Waren nur wenige Zuschauer gekommen oder verloren sie sich auf den riesigen Tribünen und Rängen? Konnte Sport, auf diese Art ausgeübt, Spaß machen — den Wettkämpfern wie dem Publikum? Prinz Eisenherz wollte den weiteren Verlauf dieses sportlichen Ereignisses abwarten. Ein Gong ertönte, das Wettrennen begann . . .

. . . und die geschmeidigen Nubier gingen in der ersten Kurve in Führung. In der zweiten Runde fingen sie an, zu wanken und zu schwanken — unter dem Gewicht ihres Meisters. Bei der dritten Runde holten die mächtigen Germanen auf, kamen näher, ein Rennen — fast Kopf an Kopf. Da! Knosses erhob sich in seinem Sitz, lehnte sich mit seiner Peitsche vor, brachte den gleichmäßigen Rhythmus seiner Läufer durcheinander. Die Sänfte schwankte, knarrte und knirschte, zerbrach mit einem splitternden Krachen.

Gefangen in den Trümmern, hüpfte und sprang Knosses vorwärts, von seinen Nubiern geschleppt. Es war seine erste sportliche Anstrengung seit Jahren. Und seine Läufer, von einem Teil ihrer Last befreit, stürmten vorwärts, rannten über die Ziellinie. Knosses und seine Mannschaft hatten den Sieg redlich verdient. Als er sich endlich genug erholt hatte, um sprechen zu können, japste Knosses: „Meine Tage als Läufer sind vorbei.“

„Ein lächerlicher Anblick, aber ich könnte heulen“, seufzte Aleta. „Der Reichtum hat uns nur Luxus, Völlerei und Trägheit beschert. Und den Neid der Nachbarvölker ringsum. Aber wir sind zu schwach und faul, den Wohlstand zu verteidigen.“

Prinz Eisenherz hüllte sich in das schäbige Gewand eines Hausierers und zog durch die Gassen des Basars. Dabei lernte er viel. Hier gab es wenig Wohlstand. Viel Arbeit wurde von Sklaven verrichtet, die keinen Lohn erhielten, die Händler wurden über Gebühr hoch besteuert, die Handwerker mußten viele lange Stunden arbeiten. Ein gesprächiger Ladeninhaber erzählte ihm: „Wir leben auf der reichsten Insel im Ägäischen Meer, aber die Großkaufleute und die Adligen haben fast alles!“ Und mit einem verschwörerischen Blinzeln: „Aber nicht mehr lange, mein Freund, es gibt da Gerüchte . . .“

Königin Aleta war in Gedanken versunken, dann sprach sie: „Du hast Balda Hans befestigte Stadt mit befreiten Sklaven einnehmen können. Was Balda Han erlebt hat, kann auch mir geschehen. Bring den Händler zu mir.“

Der Krämer, eingeschüchtert von der Anwesenheit der Königin, berichtete ausführlich und voller Furcht von den Gerüchten, die er vernommen: Arbeiter und Handwerker verließen das Land, um anderswo zu leben und zu arbeiten. Seeleute desertierten von den Schiffen, um sich da anheuern zu lassen, wo sie gerechte Entlohnung erhielten. Piraten plünderten ungestört die Flotte, und die reichen Kaufleute kauften sich Staatsämter oder Staatsbeamte.

Die Königin bat ihn: „Geh zurück in die Unterstadt und suche sechs weise Männer, die Anführer der Unzufriedenen sind, Männer, die glauben, daß ihre Königin gerecht ist."

Zu Eisenherz und Gawain gewandt: „Und ihr zwei Jungs geht raus spielen, aber vergeßt nicht, in Erfahrung zu bringen, was der Adel vorhat. Und Gawain, meide noch die Mädchen für ein Weilchen."

„Eine elfengleiche Blondine sagt dem größten Ritter der ganzen Christenheit und seinem ehemaligen Knappen Prinz Eisenherz, was sie zu tun haben. Und ohne Frage, sie tun's. Ich vermute, daß unter diesen goldenen Locken ein Plan ausgeheckt wird, so einfach, wie ihn kein Mann sich ausdenken kann."

Unauffällig nahm die Königin die Zügel der Regierung in ihre zarten Hände. Die Botschafter wurden an den Hof gerufen, um zu berichten, welche von den neidischen Nachbarn geneigt waren, das Königreich der Nebelinseln anzugreifen.

Der Krämer aus der Unterstadt hielt sein Versprechen, brachte die Männer vor Aleta, die von der Unzufriedenheit der unteren Klassen berichteten.

Eisenherz und Gawain hatten die Offizierschule besucht. „Gecken und Fatzken", erklärte Gawain, „nicht einer übt sich im Kriegshandwerk. Sie treiben nur Körperpflege und achten auf ihre Figur, damit sie ihre prächtigen Uniformen mit Anmut tragen. Bah!"

Allen hörte Aleta mit Aufmerksamkeit zu.

Aleta suchte auch den Rat ihres alten Kanzlers. „Ich wurde verabschiedet, ein neuer Kanzler nahm meinen Platz ein, der Gesetze erließ, die die Reichen begünstigen. Nur ein Gesetz, vor langer Zeit beschlossen, wurde übersehen. Es besagt, daß ohne Zustimmung der Krone kein hohes Amt vergeben werden kann.“ Für einen Moment dachte die Königin nach, dann erhellte ein Lächeln ihr Antlitz. „Vielleicht wirst du wieder mein Kanzler.“

Ein Kurier trat ein, meldete: „Majestät, Piraten greifen unsere Handelsschiffe an! Unsere Flotte schickt sich an, die Feinde zu vertreiben.“

Prinz Eisenherz legte seine Rüstung an, gürtete das Singende Schwert und rannte zum Hafen. Ein ehrlicher Kampf wäre Erholung von allen Intrigen und den Schlichen der Staatskunst. Aber so sehr hätte er sich nicht eilen müssen. Die Mannschaft war zwar bereit zum Ablegen, mußte aber auf die Offiziere warten, die gemächlich heranschritten.

Das tüchtige Kriegsschiff war in ein Vergnügungsboot verwandelt worden. Das erhöhte Achterschiff war mit goldenen Sesseln und Baldachinen ausgestattet worden, die Seeleute und Soldaten waren im Vorschiff zusammengepfercht.

Als Prinz Eisenherz mitansehen mußte, wie der Erste Offizier sich verzweifelt bemühte, Befehle auf dem überfüllten Deck ausführen zu lassen, konnte er seine Verärgerung nicht verhehlen, mit Entrüstung dachte er, daß Boltar mit seiner Mannschaft dieses Schiff in einer Stunde eingenommen — und die ganze Flotte der Nebelinseln bis Sonnenuntergang besiegt hätte.

Qualmwolken am Horizont zeigten an, daß die Piraten noch mit den Handelsschiffen zu Gange waren. Die jungen Offiziere bekundeten ihre Teilnahme, indem sie ihren Dienern befahlen, die Bogen zu spannen. Körbe mit Pfeilen bereitzustellen, Lanzen und Wurfspeere zu bringen.

Ein Schiff trieb brennend auf dem Meer. Die Piraten luden die reiche Fracht eines anderen Schiffes auf ihr eigenes. Erst als das Kriegsschiff auf Bogenschußweite herangekommen war, sprangen sie an Bord ihres schnittigen Fahrzeugs und segelten geschwind davon, Beschimpfungen, Hohn und Spott herüberrufend. Kapitän Silus nahm die Pose eines Helden an, prahlte: „Schaut nur, wie sie überstürzt fliehen! Wieder einmal haben wir, allein auf uns gestellt, die Spitzbuben in die Flucht geschlagen!" Der Kapitän gab Befehl, in den Hafen zurückzukehren. Unweit warteten die Piraten. „Ihr wollt das überfallene

Schiff den Piraten überlassen, damit sie sich noch den Rest der Ladung holen?" fragte Eisenherz. „Laßt ein Boot zu Wasser, gebt mir zwölf Männer, und ich werde es in den Hafen bringen!" „Aber ich brauche die Männer, mein Schiff zu bedienen", klagte der Kapitän. „Ihr habt zwanzig junge Offiziere an Bord", unterbrach ihn Eisenherz, „sind das Seeleute oder Passagiere?"

Sechs Offiziere meldeten sich freiwillig. Sie versprachen sich ein besonderes Vergnügen und nahmen achtern Platz, warteten darauf, zum Handelsschiff hinüber gerudert zu werden. Nicht lange . . .

. . . und Prinz Eisenherz befahl: „An die Riemen!“ Als sie zögerten: „Unser Kriegsschiff dreht ab, die Piraten kommen näher, die Zeit wird knapp.“ Umzukehren bedeutete, sich dem Gelächter der anderen Offiziere preiszugeben. Da war es schon besser, der Gefahr ins Auge zu blicken und Blasen an die Hände zu kriegen. Die Offiziere ruderten aus Leibeskräften.

Das Deck des Handelsschiffes bot einen erschütternden Anblick. Die Piraten hatten die Mannschaft mit grausamer Lust zu Tode befördert. Prinz Eisenherz und seine Männer bedeckten die Körper mit Segeltuch. Die Seeleute bemühten sich, das zerrissene Segel am Vormast wieder instand zu setzen, und die Piraten kamen immer näher. Da, einer nach dem anderen, entledigten sich die Offiziere ihrer prangenden Rüstungen, halfen bei der Arbeit!

Vorwärts in Richtung Hafen schlingerte das topplastige Kriegsschiff. Und Prinz Eisenherz war besorgt, ob er seinen Schutz erreichen konnte, bevor die Piraten, die immer näher kamen, ihre unterbrochene Arbeit fortsetzen konnten — das Schiff vollends zu plündern.

Eisenherz konnte nicht ahnen, welcher Aufruhr in Kapitän Silus' Brust tobte. Niemals, seit er seinen Beruf als Wucherer aufgegeben hatte, nagten solche Sorgen an seiner Seele. Er war zum Abendessen mit wichtigen Persönlichkeiten verabredet, die seiner Karriere dienlich sein konnten. Und dieser Eisenherz hielt ihn unnötig auf. Die Piraten näherten sich dem beschädigten Schiff unter des Prinzen Kommando. Aber, bei allen Göttern, auf diesem Schiff waren sechs seiner jungen Offiziere, deren reiche Eltern ihn gut bezahlt hatten für die guten Posten ihrer Söhne. Da hatte Silus eine Idee. Er wollte seine Verabredung versäumen, dafür als Held heimkehren. „Schützen, zu den Waffen! Wendet das Schiff! Wir werden Prinz Eisenherz retten!"

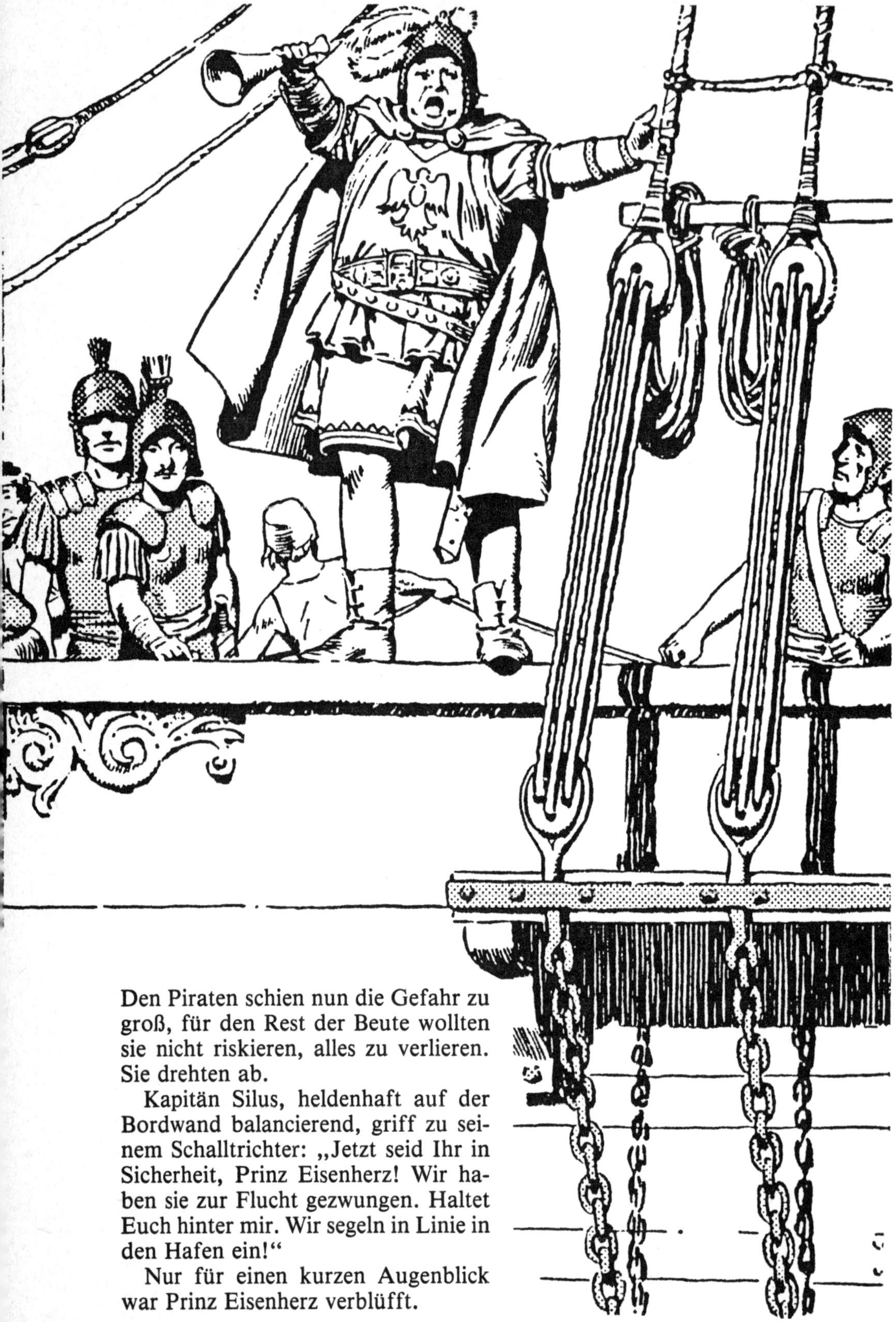

Den Piraten schien nun die Gefahr zu groß, für den Rest der Beute wollten sie nicht riskieren, alles zu verlieren. Sie drehten ab.

Kapitän Silus, heldenhaft auf der Bordwand balancierend, griff zu seinem Schalltrichter: „Jetzt seid Ihr in Sicherheit, Prinz Eisenherz! Wir haben sie zur Flucht gezwungen. Haltet Euch hinter mir. Wir segeln in Linie in den Hafen ein!“

Nur für einen kurzen Augenblick war Prinz Eisenherz verblüfft.

Dann kam seine Antwort, laut und klar.
Wegen der Gesetze zum Schutze der Jugend drücken wir seine Worte nicht ab.
Er segelte vorbei und legte im Hafen an.

Weinen und Wehklagen im Hafen, Freunde und Verwandte trauerten über den Erschlagenen. Ein Verbrechen, das nach Rache schrie. Aber die Marine war ein Theaterverein. Und ihre Männer? Eisenherz schaute sich die jungen Offiziere an, Muttersöhnchen. Jedoch ihre gepflegten Hände waren jetzt schmutzig, mit Blasen bedeckt, und sie brachten das Schiff in Ordnung.

Die Nebelinseln waren einst berühmt ihrer Seeleute, Schwimmer, Perlentaucher wegen. Die Jugend, überlegte Eisenherz, würde gern zu See fahren — wenn sie Gelegenheit hätte.

Es sprach sich schnell herum, daß Prinz Eisenherz ein Schiff ausrüstete, die Angreifer anzugreifen. In Scharen meldeten sich Freiwillige, Seefahrer und Kämpfer, die den Ruhm und die Würde der Marine, die sie einst genossen hatte, wiederherstellen wollten.

Die Piraten waren keck geworden, warteten nur einige Meilen vom Hafen entfernt auf ihre Beute. Und da kam auch schon ein Schiff, beladen mit Ballen und Kisten, kreuzte den Kurs der Räuber.

Die beiden Schiffe trafen aufeinander, die Piraten ließen ihr Kriegsgeschrei ertönen. Es wurde von einem Schlachtruf aus vielen Kehlen übertönt. Und Schwertkämpfer, Bogenschützen und Pikeure erhoben sich aus ihren Verstekken. Die Piraten, die den Kampf überlebten, hingen am nächsten Tag an der Stadtmauer.

Jetzt hatte Prinz Eisenherz zwei Schiffe, die Piraten zu bekämpfen. Und er hatte Schwierigkeiten. Kapitän Silus hatte sich beim Großadmiral beschwert. Der erklärte: „Prinz Eisenherz, ich muß Sie darüber belehren, daß alle gekaperten Schiffe Eigentum der Marine sind.“ „Die Marine hat diese Schiffe nicht gekapert“, entgegnete Eisenherz, „und ist auch nicht fähig, Schiffe zu kapern.“

„Ich verlange, daß diese Schiffe mir ausgeliefert werden!" „Ich habe sie auf meine Kosten ausgerüstet", und das Lächeln schwand aus Eisenherz' Gesicht, „wenn Ihr sie wollt, holt sie Euch!" Kapitän und Admiral wandten sich um. „So ein Emporkömmling", murmelte der oberste Befehlshaber, „kann nicht wissen, daß es mehr bedarf, die Marine zu leiten, als nur zu kämpfen. Immerhin ist er der Ehemann unserer Königin. Und wir wollen sie nicht verärgern."

In ihren privaten Gemächern verbrachte Königin Aleta viele Stunden mit vertrauten Freunden und gelehrten Juristen. Sie suchte einen Weg aus dem Wirrwarr der Gesetze, die von den gerissenen Händlern so mit Zusätzen versehen worden waren, die Reichen reicher zu machen und ihnen alle Macht zu geben.

Monate waren vergangen und die Königin hatte noch nicht den Rat des Großen Rates gesucht. Die Ratsmitglieder waren beunruhigt. Was sie wohl vorhatte! „Eine Frau ist nicht fähig zu regieren“, murrte Knosses, der Reichste von allen, „wir sollten einen Regenten wählen, der etwas von Geschäften versteht. Und ich . . .“ „Setz dich, Knosses“, unterbrach ihn Aenios, „ich kenne die Königin schon so lange sie lebt. Laß dich nicht von einem hübschen Gesicht zum Narren machen.“ Worüber der Große Rat sich auch Sorgen machte, war der Prinzgemahl. Soeben segelte er aus dem Hafen, den Piraten wieder eine Schlacht zu liefern. Und das machte den geschäftstüchtigen Politikern Kopfzerbrechen. Dieses Unternehmen kostete dem Königreich keine einzige Kupfermünze. Unfaßbar, die kostspielige Flotte war zu solcher Aktion nicht fähig.

Wieder einmal jagten die Piraten ein Schiff, holten es ein. Ihre Hingabe an das Verbrechen endete unerwartet und unglücklich. Bewaffnete Männer entströmten dem Laderaum und bewiesen den Seeräubern, daß ein Leben, der Gewalt geweiht, ein kurzes Leben sein konnte.

Als Prinz Eisenherz wieder mit einem erbeuteten Schiff in den Hafen segelte, jubelte ihm das Volk zu. Es war nur ein kleiner Sieg, aber der alte Geist einer Seefahrernation war wieder erwacht. Die Güter der Piraten wurden verkauft, der Erlös unter die Mannschaft verteilt. Jetzt konnte Prinz Eisenherz unter den vielen hundert Begeisterten, die sich freiwillig zum Dienst meldeten, eine weitere Mannschaft auswählen.

War es Absicht oder nur Zufall? Prinz Eisenherz hatte das Schiff direkt unter den Achterschiffen der ankernden Flotte entlanggesegelt. Der Großadmiral und Kapitän Silus hatten sich das Manöver ansehen müssen. Beide wurden von einem Anfall von Neid und Eifersucht geplagt.

Zweifel plagten auch die Königin. Der vielgerühmte Reichtum ihres Königreichs gehörte nur wenigen. Die Gesetze, die sie zum Wohle aller erlassen hatte, waren mißbraucht worden.

Nach einer Woche des Erkundens und Kämpfens lief Prinz Eisenherz mit seinen schwerbewaffneten Schiffen wieder in den Heimathafen ein. Zwei ehemalige Piratenschiffe verstärkten jetzt seine Flotte, zwei andere trieben brennend auf dem Meer. Die Matrosen und Kapitäne der Nebelinseln konnten wieder ungestört die See befahren, Handel treiben.

Schließlich wurde doch der Große Rat einberufen. Die Königin, klein und niedlich, bestieg den Thron. Ihre Worte aber ließen die Ratsherren frösteln. „Bei meinem letzten Aufenthalt befanden wir uns im Krieg. Die Angreifer wurden zurückgeschlagen, ihre Transportschiffe beschlagnahmt. Diese Schiffe, Staatseigentum, wurden an ehrenwerte Kaufleute verpachtet, die dafür einen Anteil ihres Profits abzuführen hatten. Wo sind diese Schiffe? Herr Großadmiral, Ihr habt sechs dieser Schiffe! Erklärt mir das!“ „Es war alles ganz legal“, antwortete der Admiral gequält, „jeder weiß doch, das freie Unternehmertum arbeitet mit mehr Gewinn als die Staatsbetriebe. Ich zahlte einen angemessenen Preis und sparte dem Königreich die Unterhaltungskosten.“ „Und was geschah mit der Kaufsumme, die Ihr bezahlt habt?“

„Das Geld habe ich gebraucht, einige Transportschiffe umzurüsten, so die prächtigste Kriegsflotte der Ägäis aufzustellen. Es gibt keine, die vornehmer wäre . . ." Die Königin unterbrach den Admiral: „Dann will ich Euch auch belohnen. Ihr erhaltet sechs Kriegsschiffe im Tausch gegen Eure sechs Handelsschiffe." „Aber, Majestät, die Kriegsschiffe sind für den Handel nicht geeignet . . ." „Sie waren es, bevor Ihr Geld vergeudet habt, aus den tüchtigen Fahrzeugen putzige Prunkstücke zu machen."

Aleta zog wieder ihre Notizen zu Rate: „Lord Knosses wird jetzt erklären, wie er, ein reicher Kaufmann, Oberbefehlshaber unserer Armee wurde."

Knosses, reichster Mann im Königreich, ließ sich von keiner Frau zur Rede stellen. „Ich wurde mit diesem Amt ausgezeichnet für meinen Patriotismus, für meine Verdienste um das Königreich, wegen meiner Gaben an die Stadt“, antwortete er in rechtschaffener Pose, fuhr fort: „Ich war’s, der das große Stadion gebaut und der Stadt geschenkt hat, ein Denkmal unserer Größe!“ Seine Stimme war laut, er starrte die Königin an, die auf ihre Notizen blickte: „Unsere Aufzeichnungen sagen, das Stadion wurde auf öffentlichem Grund und Boden errichtet, und die Stadt zahlt die laufenden Kosten. Aber Ihr verdient an allen Veranstaltungen und streicht auch die Einnahmen vom Kartenverkauf ein. Wir geben Euch Eure Gabe zurück.“ „Was soll ich mit einem Stadion?“ brauste Knosses ärgerlich auf. „Ihr könnt es vom öffentlichen Land hinwegnehmen — oder eine angemessene Miete zahlen. Und auch Steuern!“ Ihre kühlen grauen Augen kreuzten seine zornigen, er blinzelte, konnte aber ihrem Blick nicht standhalten. Er setzte sich. Er war einer Königin begegnet.

Wieder wandte sich Aleta ihren Notizen zu, blickte dann auf und sah auf den einen oder anderen der Ratsmitglieder, die krümmten sich in ihren Sitzen zusammen. „Ich werde Euch jetzt verlassen, so könnt Ihr meine beiden Edikte beraten und darüber abstimmen.“ Auf der linken Seite der Ratsversammlung saßen die älteren, vortrefflichen Mitglieder, die sich nicht an der irrwitzigen Jagd nach Reichtum beteiligten. Sie bemerkten mit Entzücken, wie auf der rechten die Panik wuchs. Hier saßen die mächtigen Neureichen, alle ehrenwerte Geschäftsleute, für die sie sich selbst hielten, und berieten aufgeregt. Würde die Königin ein großzügiges Geschenk als Bestechung mißverstehen? Würde sie feststellen, daß Regierungsaufträge zu hoch abgerechnet worden waren? Was stand noch in ihren vernichtenden Unterlagen?

Nach geraumer Weile betrat Aleta wieder die Ratsversammlung. Ihre Erlasse wurden für gut befunden, allerdings mit äußerst knapper Mehrheit. Sie war nicht erfreut. „Die Versammlung ist geschlossen. Ich muß weitere Mitteilungen und Auskünfte zusammentragen." Sie winkte mit ihren geheimnisvollen Dokumenten. „In drei Tagen treffen wir uns wieder." Die Ratsherren hatten drei unerfreuliche Tage hinter sich, als die Königin wieder den Saal betrat, frisch und schön wie eine Meeresbrise. Sie nahm nicht auf dem Thron Platz, sie stand vor den Politikern wie eine Lehrerin, die eine widerspenstige Klasse zur Ordnung ruft. Sie zupfte drei Blätter aus ihrer Sammlung von Notizen und Dokumenten, verkündete: „Der Großadmiral unserer Flotte ist zurückgetreten!" Sie übergab ein Blatt dem Feuer. „Knosses, Oberbefehlshaber der Armee, ist zurückgetreten!" Sie verbrannte das zweite Blatt. Sorgfältig verlas sie das dritte Blatt, bevor sie es den Flammen übergab. Und alle konnten sich ein Bild von der Lage ihres Kollegen machen . . .

„Der, den Ihr zum Schatzmeister gewählt habt, war sorglos in der Kontenführung. So haben wir angeordnet, daß er ein behagliches Zimmer erhält — im Kerker, wo er ungestört die Akten und Konten korrekt und genau aufarbeiten kann.“ Ein Blatt nach dem andern wurde von der Königin vorgelesen und dann verbrannt. Beim letzten Dokument runzelte sie die Stirn, blickte fest in die Gesichter der Versammlung, faltete das Papier zusammen und schob es in ihren Busen. „Das sollten wir aufbewahren. Die Versammlung ist beendet.“

Prinz Eisenherz schüttelte voll Bewunderung den Kopf. „Ich habe dich von der Besuchertribüne beobachtet, wie du die mächtigen, aufgeblasenen Herren abgekanzelt hast. Es wird viele Rücktritte geben unter den Ratsmitgliedern mit schlechtem Gewissen, die alle das letzte Blatt fürchten, das nicht dem Feuer übergeben wurde. Was steht in diesem Dokument?“ Ein elfengleiches Lächeln zauberte Grübchen in Aletas Antlitz. Sie griff in ihr Kleid und holte — ein leeres Blatt Papier hervor. Prinz Arne sprach seine Bewunderung aus, wie Mutter das Königreich in Ordnung gebracht hatte. Sie seufzte. „Ach, die Arbeit hat erst begonnen. Immer bleibt der Reichtum Anlaß für Mißgunst und Neid unserer Nachbarn. Und wir sind ohne Schutz.“

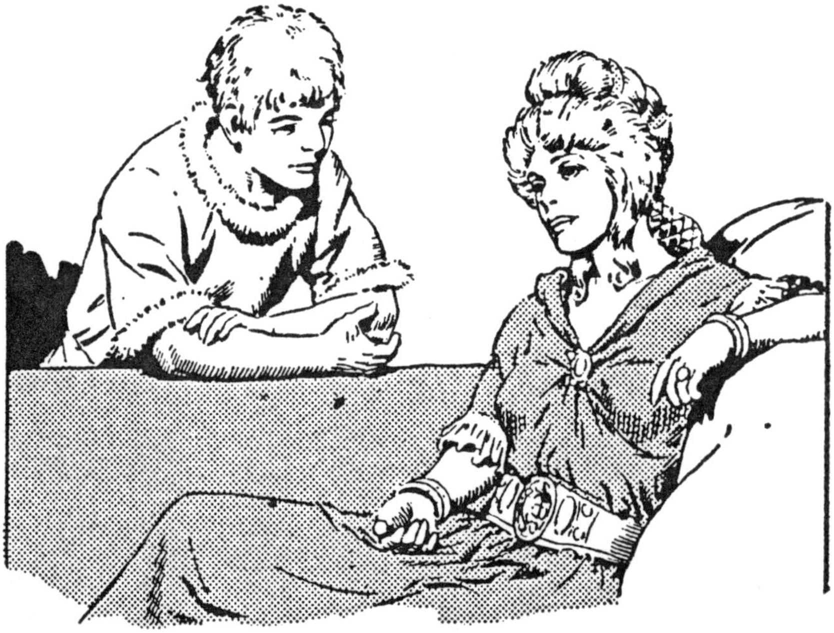

Die Königin berichtete ihrem Sohn: „Dein Vater arbeitet emsig mit den Schiffbauern, die verzierten Prunkschiffe in tüchtige Kriegsschiffe zu verwandeln. Sir Gawain bildet die Armee erst aus. Die Soldaten, die es gewohnt waren, nur bei Paraden zu marschieren, finden es weniger anstrengend, in voller Rüstung und unter Waffen zu üben, wie es sich für richtige Krieger gehört. Denn Gefahr droht vom Lande Lycia, wo der gnadenlose Herrscher Ortho Bei seine Nachbarn zu Wasser und zu Lande ausplündert. Unsere Kundschafter berichten, daß er heimlich eine Flotte baut. Wir fürchten, daß seine gierigen Augen in Richtung der Nebelinseln blicken."

Viele Mitglieder des Großen Rates waren zurückgetreten. Ihre Plätze wurden von vertrauenswürdigen Männern eingenommen, die das Wohl des Volkes bewirken wollten — und nicht das eigene. Sie erteilten den Rat, eine Handelsmission nach Lycia zu senden, um einen Handelsvertrag mit dem Nachbarland zu vereinbaren. Und wenn die Gesandtschaft schon dort wäre, könnte sie gleich, wenn möglich, herausfinden, welche Absichten der Bei verfolgte.

„Mutter, ich möchte die Gesandtschaft begleiten. Wenn Ortho Bei böse Absichten haben sollte, wird er deinen Gesandten gegenüber mißtrauisch sein. Aber wer wird einem verzogenen Knaben mißtrauen, einen verhätschelten Prinzen, der noch mit Spielzeug spielt?“ Prinz Arne grinste kindisch. Aleta und Eisenherz tauschten einen Blick . . .

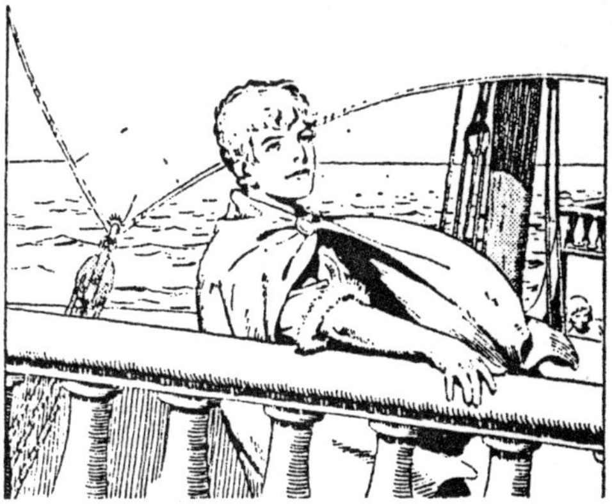

. . . und als das Schiff mit der Gesandtschaft auslief, war Arne an Bord. Unter seinem Gepäck eine Kiste mit Spielzeug.

Dieser Scherz seiner Eltern verdarb Arne nicht die Lust an seiner ernsten Aufgabe, zu der er sich freiwillig gemeldet hatte. Das Schiff näherte sich der Küste von Lycia, Kahmar kam in Sicht, Hafen und Festung des Ortho Bei. Die Sandbänke und Klippen vor der Hafeneinfahrt waren genauso ein Schutz wie die starken Befestigungen. Das Segel wurde gestrichen, mit den Riemen wurde das Schiff in den Hafen manövriert. Hier lagen viele Schiffe, keine plumpen Handelsfahrzeuge, schnelle und kräftige Schiffe, die für Überfall und Krieg geeignet waren.

Im Hafen von Kahmar liefen Seeleute voll bewaffnet herum. Diese Männer blickten grimmig drein wie Piraten blicken. Kahmar war also der Hafen, von dem die Seeräuber auf Raub auszogen.

Ortho Bei empfing die Handelsdelegation, mit kalten und mißtrauischen Augen musterte er die Geschenke, die ihm Aleta überreichen ließ. „Warum kommt Ihr, wenn Ihr eine friedliche Mission erfüllen wollt, in einem solch großen Kriegsschiff?“ begehrte er zu wissen. „Zum Schutze von Prinz Arne. Als Zeichen des guten Willens hat unsere Königin ihren Erstgeborenen gesandt.“

Nachdem die Delegation verabschiedet worden war, befahl der Bei: „Beobachtet sie Tag und Nacht. Du, Omar, befreunde dich mit dem Prinzen. Mit seinem kindischen Geplapper verrät er uns vielleicht einige Geheimnisse.“ So kam Omar am nächsten Morgen an Bord. „Der Bei läßt dich grüßen, er hat mir die Ehre erwiesen, dir die Wunder dieser Stadt zu zeigen. Was willst du sehen?“ Arne, ein Spielzeug im Arm, sagte: „Ich liebe Schiffe. Guck mal, wie hübsch sie im Wasser schwimmen. Sie wollen in ferne Länder fahren, mit wundersamen Sachen Handel treiben.“ „Muß ich mir dieses kindische Geschwätz den ganzen Tag anhören?“ murmelte Omar vor sich hin. Er führte den Prinzen zur Werft. „ Hier wird nicht viel gearbeitet. Nur ein halbfertiges Boot ist zu sehen. Es ist schade, daß unsere Flotte so unbedeutend ist. Schau, welche Tölpel unsere Werftarbeiter sind. Sie verbrauchen mehr Holz als sie gebrauchen können.“ Omar blickte zur Arne, ob der dieser Erklärung Glauben schenkte. Aber der Prinz schaute nur unaufmerksam vor sich hin. „Dummer Bengel“, flüsterte Omar.

Abends, an Bord des Schiffes der Delegation bewies Arne, daß er viel gesehen und gehört hatte. „Ortho Bei baut keine Schiffe auf der Werft am Hafen. Aber viele Zimmerleute arbeiten dort, fertigen Teile für den Schiffbau, die auf ein schwarz-rotes Boot verladen werden. Viele Spanten und Planken, Masten und Spiere habe ich gesehen. Ich vermute, daß in einem Hafen unten an der Südküste die Flotte gebaut wird. Ich werde versuchen, es herauszufinden."

Die Kreaturen des Bei erstatteten Bericht. „Herr, wir haben die Gesandten von den Nebelinseln nicht aus den Augen gelassen, nicht bei Tag und nicht bei Nacht. Aber sie stellen weder Fragen noch suchen sie Antworten. Für sie ist nur der Handel wichtig." „Beobachtet sie weiter", befahl Ortho Bei, „und was ist mit dem Knaben?" „Ach, der", antwortete Omar, „ein Haremszögling, von Weibern verwöhnt, nur Spielzeug weckt seine Neugier."

Früh am Morgen war Omar wieder da. Mit geheuchelter Herzlichkeit fragte er: „Was unternehmen wir an diesem schönen Tag, mein Freund?" Arne sah dem schwarz-roten Schiff nach, das den Hafen verließ. „Wir wollen in den Hügeln hinter der Stadtmauer herumklettern", sagte Arne, und Omar freute sich, denn seine Befehle lauteten, der Prinz dürfe nicht zu viel erfahren. Von der Anhöhe sah Arne, wie sich das Schiff anschickte, eine Landzunge zu umsegeln. „Welch ein schöner Strand. Ich will schwimmen!" rief Arne und rannte zum Meer hinunter, warf seine Kleider in den Sand und stürzte sich ins Wasser.

Omar war ein Wüstensohn, haßte das unermeßliche Meer. Jetzt fürchtete er sich um seinen Schützling, der weit draußen in den tosenden Wellen schwamm. Er wußte zwar, daß die Insulaner von den Nebelinseln berühmte Schwimmer waren. Aber das war zuviel. Er rannte den Strand entlang, wo Fischer ihre Netze flickten, bot ihnen eine Handvoll Münzen an, wenn sie aufs Meer führen. Arne schwamm hinter die Landzunge, das schwarz-rote Schiff segelte immer noch die Küste entlang. Unten vom Wasser aus konnte er nur die Mastspitzen und die Segel erkennen. Bald hätte er es aus den Augen verloren. Der Fischerkahn hatte Arne erreicht.

„Ich bin dir zu Dank verpflichtet, Omar. Ich bin zu weit hinaus geschwommen. Vielleicht hätte ich den Weg zurück nicht mehr geschafft“, log Arne, kletterte auf eine Bank, um sich in der Sonne zu trocknen. Jetzt konnte er das Schiff klar sehen, wie es im rechten Winkel abdrehte und Kurs auf die Küste nahm. Wieder an Bord seines Schiffes berichtete er: „Fünf Meilen die Küste entlang baut Ortho Bei seine Flotte an einem geheimen Ort.“ Dann beschloß Arne ein Skiff, ein kleines Ruderboot, innen und außen schwarz anzustreichen. „Ich will fischen gehen“, grinste er.

Als Omar am nächsten Morgen seinen Schützling abholen wollte, ruderte Arne ein kleines Boot. „Ich fahre zum Fischen“, rief er, „willst du mitkommen?“ Omar schüttelte den Kopf, fürchtete er doch die unberechenbare See. Omar folgte an der Küste, empört, daß er den Auftrag hatte, dieses mutwillige Kind zu bewachen. Eine Meile jenseits der Wellenbrecher des Hafens landete Arne, zog sein Boot an den Strand. „Schau mal, Omar, zum Abendessen gibt's Hummer.“

Im Dunkel einer mondlosen Nacht ließ sich Arne in das Hafenbecken hinunter. Er war in schwarze Kleidung gehüllt. Ein Boot hätten die Wachen bemerkt, aber sie sahen nicht den schwarzen Schwimmer, der sich im Schatten der Kaimauer hielt.

Arne schwamm eine Meile, dann hatte er den Strand erreicht, wo sein Skiff lag. Lautlos brachte er es zu Wasser, die Riemen hatte er mit Lumpen umwickelt. Die geisterhaft im Sternenlicht aufschäumenden Brecher zeigten an, wo Klippen und Untiefen waren. Dann hörte er das Hämmern und Sägen. Einen Felsvorsprung umrudernd, sah er im Schein unzähliger Laternen die Silhouetten vieler Schiffe und die vielen Zimmerleute bei der Arbeit.

Stunden später erreichte Arne wieder den Strand. Er zog sein Boot an Land, achtete darauf, daß es wieder in derselben Vertiefung lag, die es in den Sand gedrückt hatte. So konnte niemand merken, daß es benutzt worden war. Behindert durch die schwarze Kleidung, war es eine große Anstrengung, zum Hafen zurückzuschwimmen. Als der frühe Morgen graute, war Arne wieder auf dem Schiff. „Ich habe die geheime Werft gefunden, wo der Bei eine Flotte bauen läßt. Dort wird Tag und Nacht gearbeitet. Alles deutet daraufhin, daß er bald einen Überraschungsangriff vornehmen will. Gegen wen? Die Nebelinseln sind reich — und uns mangelt es an Kriegsschiffen. Wir sind ein lohnendes Ziel."

Mit dem Sonnenaufgang kam auch Omar, ein falsches Lächeln auf den Lippen, Abneigung in den Augen. Er hatte es von Herzen satt, Fremdenführer, Kumpel und Spion zu sein. Arne fiel es nach dieser anstrengenden Nacht schwer, den verwöhnten und eigensinnigen Knaben zu spielen. Obwohl Omar das Meer haßte, führte er heute den überraschten Prinzen zu einer kleinen verschwiegenen Bucht. „Hier kannst du nach Herzenslust schwimmen. Ich ziehe mich in den Schatten des Olivenhains dort drüben zurück. Wenn du mich brauchst, ruf mich.“ Das erste mal, daß Arne, seit er nach Kahmar gekommen war, allein war. War er das? Irgendwo sang eine süße Mädchenstimme ein kleines süßes Liedchen. Arne folgte dem Klang der lieblichen Töne. Und da lag, ausgestreckt in der Sonne, das allerschönste Mädchen, das er je gesehen.

Mit einem kleinen Schrei der Erschreckens hüllte sich das Mädchen schamhaft in das Badetuch. „Hab' keine Angst, ich wollte mich nicht aufdrängen, nicht deine Ruhe stören", und Arne wandte sich ab. „Nein, ach nein, geh nicht weg", sprach sie, „leiste mir doch Gesellschaft." Mit mädchenhafter Unbefangenheit ließ sie das Badetuch sinken. „Setz dich zu mir, erzähl mir eine Geschichte", bat sie, plauderte munter drauflos: „Das hier ist mein Lieblingsplatz, jeden Tag komme ich hierher, nehme ein Sonnenbad und lausche der Musik der Meereswellen." Sie blickte Arne aus dunklen Augen an, die unter langen Wimpern glühten. Ihr junger Körper hatte die Formen einer Göttin. Auf einmal war Arne seiner Rolle als alberner Knabe überdrüssig. Er wollte ihre Aufmerksamkeit mit seiner Männlichkeit gewinnen.

Plötzlich sprang sie auf, deutete auf das Wappen, das Arnes Tunika zierte, den karmesinroten Hengst des Hauses Aguar. „Ich weiß, wer du bist. Du bist der Prinz von den sagenhaften Nebelinseln, wo es die wagemutigsten Seefahrer und die großen Schiffe gibt. Ach, wie gern würde ich diese Märcheninseln sehen. Erzähl mir davon!" Sie unterhielten sich, das schöne Mädchen und der Prinz. Und ihre Unschuld und Natürlichkeit ließ das warme Glühen der Liebe durch Arnes Herz strömen. Als sie wieder das Tuch um ihre zarten Schultern schlug, wich Arnes Betörung einem kühlen Verdacht. „Ich muß nun gehen", entschuldigte er sich, „aber wenn du jeden Tag zum Sonnenbaden hierher kommst, treffen wir uns vielleicht morgen wieder." „Vielleicht", antwortete sie scheu. Arne hatte bemerkt, daß ihr reizender Körper nicht sonnengebräunt war, daß ihre weiße Haut das Rosa eines peinvollen Sonnenbrandes zeigte.

Im sicheren Schutz des Schiffes hielt die Delegation von den Nebelinseln eine Versammlung ab. Die Männer berichteten, daß der Bei gern Handelsbeziehungen hätte, aber nicht den Schutz der Händler und der Schiffe übernehmen könnte. Daß alle ihre Schritte und Begegnungen überwacht, alle, mit denen sie gesprochen hatten, verhört würden. Auch Arne erstattete Bericht: „Omar glaubt, ich wäre ein dummer, verspielter Junge. Er ist durch ein junges Mädchen ersetzt worden, das mich mit ihrem Reiz verführen soll, militärische Geheimnisse auszuplaudern. Und“, fügte er mit Wehmut hinzu, „fast wäre es ihr gelungen.“ — Am nächsten Tag besuchte Ortho Bei die geheime Schiffswerft, spornte seine Leute zur Mehrarbeit an. Er war ungeduldig, wollte neue Eroberungen unternehmen — angefangen mit den reichen Nebelinseln.

Die schöne Spionin war erfolgreich. Der Jüngling schien betört, sie wagte, ihn nach der Stärke der Flotte der Nebelinseln auszufragen. Höflich antwortete Arne: „Militärisch sind die Nebelinseln schwach. Aber mein Vater, Prinz Eisenherz, baut die Flotte aus. Und der berühmte Ritter Gawain ist damit beschäftigt, das Heer auszubilden. Aber nicht Schiffe und Soldaten sind unsere Stärke. Prinz Eisenherz ist der Anführer, dem die Männer folgen." Und Arne erzählte von den Heldentaten seines Vaters. Es war die Sage vom Singenden Schwert und dem, der es führt. Es war die Geschichte, die wir alle kennen. Es waren die Abenteuer, die wir nie müde werden, zu sehen und zu lesen.

Das Mädchen berichtete ihrem Herrn: „Die Nebelinseln werden nur von Mythen und Heldensagen verteidigt.“ So leicht ließ sich der Bei nicht beschwichtigen, er rief alle Geschichtenerzähler, Dichter, Geschichtsschreiber und Sänger zu sich, um mehr über diesen sagenhaften Prinz Eisenherz zu erfahren. Der erste erzählte: „Andelkrag hielt sich tapfer gegen Attila und seine Goldene Horde — bis kein Wasser und keine Lebensmittel mehr in der Stadt waren. Die Kämpfer wagten einen Ausfall zum letzten Gefecht. Der letzte Krieger, der sich im Schein der brennenden Stadt auf sein Schwert stützte, war Prinz Eisenherz.“ Der zweite sang das hohe Lied des berühmten Ritters der Tafelrunde: „Alle Völker kennen ihn, man nennt ihn Prince Valiant, El Principe Valiente, Princep Valent. Er war es, mit dem Singenden Schwert in der Hand, der in den Palast der Königin der Nebelinseln eindrang und sie hinwegführte, um ihr lebenslänglicher Sklave zu sein.“

Den dritten drängte es, zu berichten: „Der Räuberkaiser Donardo hatte Aleta geraubt und hinter die hohen roten Mauern von Saramand verschleppt. Die Sage sagt, daß Prinz Eisenherz ganz allein mit seinem Singenden Schwert vor dem Bronzetor stand und schwor, die Stadt in Schutt und Asche zu legen. Und er tat es!"

Und der vierte wußte schon die neueste Geschichte, wie Prinz Eisenherz Balda Han und dessen Wüstenfestung besiegt hatte.

Ortho dachte nach: „Wenn diese Erzählungen wahr sind, haben die Nebelinseln einen großen Helden. Aber ich habe die größere Anzahl der Schiffe.“ Zur selben Zeit sprach Arne auf dem Schiff der Gesandten zu den Mitgliedern der Mission: „Das schöne Mädchen, das mit ihren Reizen mich zum Reden bringen sollte, wird dem Bei die Heldentaten meines Vatern zu Gehör gebracht haben. Das wird ihn zögern lassen, so ist unser Auftrag fast beendet und es wird Zeit, nach Hause zu segeln. Aber ein großer Festtag steht uns bevor.“ Und Arne hatte eine kühne Idee.

Die Delegation verabschiedete sich von Ortho Bei, sie wollte am nächsten Tag Kahmar verlassen. Der Herrscher war froh, diese Leute endlich los zu sein. Morgen war das Feuerfest des Zarathustra. Schon am Abend feierte die ganze Stadt, trug das Ewige Feuer durch die Straßen. So fiel nicht auf, daß es dunkel wurde, bis das Schiff beladen war und zur Reise zu den Nebelinseln auslaufen konnte.

Die Hafenwachen sahen, wie das Schiff auslief. Nur die große Laterne am Bug war deutlich zu sehen. An der Hafenausfahrt wurde ein Boot zu Wasser gelassen, die große Laterne wurde an dessen Mast befestigt. Jetzt konnte das Schiff im Schutze der Nacht heimlich die Küste entlang fahren — in Richtung der geheimen Werft.

Die Hafenwachen sahen, wie das Licht kleiner wurde, entschwand. Sie zogen die Ketten hoch, die nachts die Hafeneinfahrt versperrten, gingen aufs Fest. Unbemerkt fuhr die unbeleuchtete Galeere in die andere Richtung, die Küste entlang, bis sie gegenüber der Werft lag, wo Ortho Bei seine Flotte bauen ließ, mit der er die Ägäis beherrschen wollte.

Prinz Arnes schwarzes Skiff wurde zu Wasser gelassen. Er ruderte schnell auf die blinkenden Lichter der Werft zu. Ein aufkommender Wind kündetete einen Sturm an. Es blieb Arne nicht viel Zeit, die selbstgestellte Aufgabe zu lösen, dann zurückzukehren zum Schiff, das vor dem schweren Wetter die klippenreiche Küste bald verlassen mußte.

Arne warf Anker, schwamm die letzte Strecke bis zum Ufer. Der Zeitpunkt war günstig, die Vorarbeiter waren alle beim Zarathustrafest des Heiligen Feuers in der Stadt, und die, die auf der Werft geblieben waren, hatten ihr eigenes ausgelassenes Fest. Überall Berge von Sägespänen, Sägemehl und Abfallholz, unzählige Fässer mit Pech und Eimer mit Farbe. Aus einem Beutel holte Arne Feuerstein und Feuerstahl hervor, schlug sie aneinander, Funken sprühten. „Also sprach Zarathustra . . .", flüsterte er. Der Wind sorgte für alles weitere. Arne warf sich ins Wasser, suchte sein Skiff. Aber es war nicht leicht, im Dunkel der Nacht ein schwarzes Boot zu finden. Schon schlugen die Flammen hoch zum Himmel, fraßen sich in Windeseile von Schiff zu Schiff.

Hilflos standen die Werftarbeiter der Feuersbrunst gegenüber. Selbst wenn sie den ganzen Hafen in Eimer gefüllt hätten, alle Versuche, die rasenden Flammen zu löschen, waren zum Scheitern verurteilt. Die große Flotte, die Ortho Bei hatte bauen lassen, um die Nebelinseln zu überfallen, das ganze Ägäische Meer seiner Tyrannei zu unterwerfen, ging in Rauch und Asche unter. Am frühen Morgen wurde dem Bei die Botschaft überbracht. In ohnmächtigem Zorn brüllte er auf. Er hatte die Schatzkammer seines Reiches geleert, um die Flotte zu bauen. Nun war Lycia ruiniert. Wie sollte er seine Armee noch bezahlen? Ortho Bei war ohne Geld — und also auch ohne Macht. Fassungslos stand er vor dem Nichts.

Und wie es so oft geschehen war, wie es immer wieder geschehen wird: Ein Tyrann, der seine Macht verloren hat, verliert auch seine Freunde. Warum sollte Ortho Bei ein anderes Schicksal bestimmt sein? Seine Freunde flüsterten miteinander, wetzten ihre Messer. Niemand war überrascht, als das Licht des Tages enthüllte, daß dem Bei ein echter Freundesdienst erwiesen worden war. Er war befreit worden von allen gegenwärtigen und künftigen Sorgen.

Zweifellos hatte Arne einen schrecklichen und kostspieligen Krieg verhindert, die Nebelinseln gerettet. Und wenn er sich jetzt in Positur stellte, mag das entschuldigt sein. Arne war noch jung. Die Königin stellte fest, nachdem sie den Bericht der Gesandten vernommen hatte: „Das Königreich der Nebelinseln ist gerettet worden."

In einem anderen Teil des Palastes hatte inzwischen die Rebellion ihr grausames Haupt erhoben. Galan, jüngster Sproß der Königin, war bisher ein wonniges Kerlchen gewesen. Jetzt war plötzlich eine Veränderung mit ihm geschehen, er hatte seinen starken Willen entdeckt, verlangte nun, alle Spiele zu bestimmen, Anführer zu sein. Seine Schwestern waren entgeistert. „Du bist doch noch ein Kleinkind", meinte Karen. Da platzte Galan mit dem furchtbaren Geheimnis heraus, daß er entdeckt hatte: „Ihr seid nur Mädsen!"

„Wir sind schöne Prinzessinnen“, stellte Valeta richtig, „und eines Tages heiraten wir große Könige und herrschen über große Reiche.“ „Dein Gesicht is smutsig“, stellte Galan feierlich fest.

Nun, nachdem er seine Kindheit hinter sich gelassen hatte, mußte das Kinderzimmer umgeräumt werden, damit einer, der ein Krieger sein wollte, sich darin wohlfühlen konnte. Alle Spielsachen wurden weggeräumt und die Waffen an die Wand gehängt, um sie im Ernstfall griffbereit zu haben.

In Friedenszeiten war wenig Verwendung für Waffen. Aber Galan war ein Krieger, also legte er seine Waffen an, spazierte hinaus in den Schloßgarten. Wer weiß, vielleicht lauerte ein unsichtbarer Feind im Gebüsch? Eine goldene Blüte erhob sich drohend. Schnell wie ein Blitz kam Galans Schwert zischend aus der Scheide. Die goldenen Köpfe fielen reihenweise. Hätte es sich um richtige Feinde gehandelt, das Gemetzel wäre unermeßlich gewesen. Beim Klang von Mutters Stimme versank Galans Traumwelt, jetzt stand er einer richtigen Gefahr gegnüber. Da erinnerte sich der kleine Mann, wie sein Vater einstmals den Zorn seiner Königin besänftigt hatte.

Niederkniend sammelte Galan die Blumen auf, wagte nicht, aufzustehen, um nicht mehr als Zielscheibe für die schnelle Hand seiner Mutter zu dienen. Nun, überlegte er, was würde Vater jetzt sagen? „Bitte sön, diese Blümsen sind für dich, aber sie könn sich nich messen mit der Sönheit deines Gesichts.“ „Ach du liebe Zeit“, seufzte Aleta, „jetzt muß ich es mit noch so einer glatten Zunge aufnehmen.“

Hatte Galan gesagt, seine Schwestern hätten schmutzige Gesichter? War diese Bemerkung der Anlaß für große Veränderungen? Nun, gewaschen und gekämmt wie zwei schöne Prinzessinnen traten die beiden hinaus in eine Welt des Wandels. Vornehm schritten sie in den Schloßhof hinab, wo die Spielkameraden warteten. Die Zwillinge stellten fest, daß Jungs etwas schwer von Begriff sind. Keiner merkte, daß die beiden Rangen von gestern jetzt junge Damen waren. Nikilos neckte Karen, schnappte sich ihr Schultertuch. Und das streitbare Mädchen vergaß, daß sie eine Dame war, gab ihm eine Ohrfeige. Er nahm sich zusammen, schließlich war sie ein Mädchen, außerdem die Tochter der Königin. Valeta trat zwischen die beiden, lächelte süß, klimperte mit den Wimpern. „Es war edelmütig, nicht zurückzuschlagen. Nikilos, ich bewundere deine Beherrschung."

Valeta machte eine Entdeckung: Es gab Unterschiede zwischen Mädchen und Jungen! Sie war seltsamerweise schweigsam, dafür errötete sie. Nikilos fühlte sich niemals vorher so stark und männlich. Und Karen schämte sich, daß sie so gereizt gehandelt hatte. Das war einer Prinzessin nicht würdig. Aber da verlor sie schon wieder ihre Beherrschung. Ihre Kameraden verspotteten einen behinderten Jüngling, der an ihren rauhen Spielen nicht teilhaben konnte. In Karen erwachte ein beschützender Instinkt. Sie rannte auf die Gruppe zu, wütend stellte sie sich zwischen die Peiniger und deren Opfer.

Von einem Fenster des Palastes sahen Königin Aleta und Prinz Eisenherz ihren Töchtern zu. Karen schrie: „Dummköpfe! Tölpel! Alex hat mehr Verstand als ihr alle zusammen. Wenn ihr euch nicht anständig benehmen könnt, habt ihr auf dem Schloßhof nichts verloren!“ Dann wurde es ganz still. „Was ist denn mit den Zwillingen los? Sie sind doch sonst nicht so ruhig“, fragte der Vater. „Die erste Liebe“, antwortete die Mutter. „Aber sie sind erst zwölf Jahre alt“, murmelte Eisenherz. Aleta blickte ihn an, lachte: „Sie sammeln Erfahrungen. Ich hatte in meiner Jugend dazu keine Gelegenheit“, sie seufzte, „ich bin dem ersten Prinzen, der daherkam und mit glatter Zunge redete, verfallen.“

Im Marschland versammelten sich lärmend die Wildgänse. Ein geheimnisvoller Ruf aus dem Norden hatte ihnen gemeldet, daß der Frühling des Winters harten Griff von den Seen und Flüssen gelöst hatte. Diesem Ruf mußten sie folgen. Unter lautem Flügelschlagen erhoben sie sich hoch in die Lüfte, reckten ihre langen Hälse

nach Norden. Von einem Hügel aus hörten auch Eisenherz und Arne den Ruf der Wildgänse. Auch sie verspürten Heimweh nach der Heimat im Norden. Auch Aleta hörte den Schrei der Vögel. Sie wußte, daß sie bald weniger Königin und mehr Hausfrau und Mutter sein würde.

Arne errichtete einen Entenfang und wartete geduldig von morgens bis abends, harrte geduldig aus in der Hoffnung auf Entenbraten. Aber auch die Enten zogen ihren Weg hoch am Himmel, dem Ruf nach Norden folgend. Nur Karen und Valeta hörten das Rufen nicht. Manchmal schnatterten sie wie ein Schwarm Vögel, manchmal waren sie schweigsam. Als Nikilos Valetas Hand berührte, erröteten sie beide — und schämten sich. Kein Schatten trübte diese Sonnentage in der besten aller Welten. Aber Prinz Eisenherz wurde rast- und ruhelos. Die erneuerte Flotte führte er aufs Meer. Die Schiffe zu einem großen Halbmond formiert, durchfuhren sie die See rund um die Nebelinseln.

Diese Tage bescherten den Piraten nur Verluste, keine Gewinne. Die Seeräuber, die dem Unternehmen von Prinz Eisenherz entgingen, verlagerten ihre Geschäfte weit weg von den Nebelinseln.

Prinz Eisenherz wählte ein schnelles kräftiges Schiff für die Reise, als Kapitän ernannte er Helge Hakkon, einen Wikinger von Gotland, ein geborener Seefahrer, Krieger, Händler, berühmter Navigator und Entdecker.

Königin Aleta verbrachte die letzten Tage vor der Abreise mit Regierungsgeschäften. „Ich habe schon immer davon geträumt, daß eine Volksversammlung gewählt wird, in der alle ungeachtet ihres Besitzes, ihres Standes oder ihres Geschlechts frei ihre Meinung sagen können. Bringt das in Gesetzesform, ich unterschreibe es vor der Abahrt."

Die jungen Verliebten machten Versprechungen. Wegen seines gelähmten Beines konnte Alex kein Krieger werden. „Aber ich studiere das Recht, diene dem Volke — und ein Leben lang meiner Königin Karen." War in Nikilos Stimme ein unterdrücktes Schluchzen? „Mit einem großen Schiff werde ich nach Britannien segeln und dich vor den Freiern retten, die dich belagern."

Viele Jahre lang war Katwin Kindermädchen und Lehrerin gewesen, so lange, wie die Königskinder klein waren. Sogar Galan war jetzt selbständig geworden. Katwin fragte sich bange, ob ihre Dienste noch gebraucht würden, ob sie sich noch nützlich machen könnte.

Aber Katwin wurde dringend gebraucht. Die wunderschönen Prinzessinnen von gestern hatten sich in Kinder mit gebrochenen Herzen verwandelt, die Trost und Mitleid verlangten.

Aleta sah zu, wie die geliebten Nebelinseln langsam ihren Blicken entschwanden. Sie hielt ihre Tränen zurück. Nicht so die Zwillinge, die laut weinten — wer kann denn auch ein gebrochenes Herz beherrschen? Prinz Eisenherz und Arne blickten nicht zurück, sie schauten vorwärts.

Welche Abenteuer lagen vor ihnen?

Prinz Eisenherz

1 IN DEN TAGEN KÖNIG ARTHURS KÄMPFT GEGEN DIE HUNNEN IM MITTELMEER

2 AUF GEFÄHRLICHEN REISEN DIE GOLDENE PRINZESSIN IN DER NEUEN WELT

3 ZWISCHEN LEBEN UND TOD REITET FÜR THULE SEIN FREUND BOLTAR

4 BÄNDIGT REBELLEN BEFREIT ALETA

5 DIE HERAUSFORDERUNG IM AUFTRAG DES KÖNIGS

6 IM KAMPF GEGEN DÄNEN UND SACHSEN DIE REISEN IN DEN ORIENT

7 ABENTEUERLICHE RÜCKKEHR NACH CAMELOT VERRAT AN KÖNIG ARTHURS HOF

8 DER SIEG ÜBER DIE SACHSEN EIN KAMPF UM THULE

9 ROTHÄUTE UND BLEICHGESICHTER. VERRAT UND MASKERADEN

10 DIE GROSSE JAGD DER SKLAVENAUFSTAND